徳間文庫

風とにわか雨と花

小路幸也

徳間書店

目次

design：bookwall

お父さんとお母さんがリコンした　天水

僕が九歳、風花《ふうか》ちゃんが十二歳になった四月にお父さんとお母さんは、リコンした。

どうしてかって訊《き》いたら「今は説明してもわからないと思うので、言わない」ってお母さんは言った。

すこしだけ悲しそうな顔をしていた。

あ、お母さんは悲しいんだってことぐらいは僕にだってわかる。そして悲しいのはリコンしたからだってこともわかる。それならどうしてリコンするんだろうって不思議に思った。悲しくなることなんかしなきゃいいのにどうしてするんだろうって。

風花ちゃんは、姉さんだ。

僕は天水《あまみ》。

お母さんは岬《みさき》えりかだったけど津田恵里佳《つだえりか》になった。

僕と風花ちゃんも名字《みょうじ》が津田になった。

津田って、おじいちゃんとおばあちゃんの名前だ。お母さんの方のおばあちゃんとおじいちゃんの名字。リコンというのは夫婦《ふうふ》が別れることでリコンをすると名字が変わるのぐらいは知ってる。同じクラスのアッキがそうだった。田中晃《たなかあきら》って名前だったのに夏休みが終わって学校に来たら急に堀内《ほりうち》晃になっていたんだ。なんかそっちの方がカッコいいってアッキは言ってたけど。

僕にリコンの理由は言ってもわからないってお母さんは思っている。

本当にそう思っているんだろうか？

夫婦っていうのがお父さんとお母さんだ。夫婦は好きになってずっと一緒《いっしょ》にいたいから同じ家で暮《く》らすっていうことで、それが結婚《けっこん》なんだ。なのに、それなのに一緒に暮らせなくなったってことはなんか大きなモンダイが起こったからだ。

そのモンダイはたいていはお金か人間カンケイだってことぐらいは僕だって知ってる。マンガやアニメにそんな話はたくさんあるんだ。お母さんは僕にはわからないって思ってるかもしれないけど、知ってるんだ。

たぶん、お母さんは自分で理由を話したくないからそう言っているだけじゃないかって思う。ひょっとしたら理由なんかないんじゃないかって。だって、嫌《きら》いになるのに理由なんかないから。たぶん、お金か人間カンケイのモンダイが急にお父さんに起こって、それでお母さんはお父さんを嫌いになったから別れるんだろうと思ったけれど。

リコンする理由は、あとから、寝るときに風花ちゃんが僕のベッドに入ってきておしえてくれた。

「お父さんが会社をやめたの知ってるでしょ」

「うん」

「それはね、作家になるために会社をやめたの」

「さっか、ってなんの」

「小説家。小説はわかるでしょ」

「わかるよ」

「それを書く人」

「その作家か」

「それで、別れることになったの。お給料がなくなってお金が入らなくなるから。お金がないと暮らせなくなるのはわかるでしょ？」

「わかるけど」

それはわかったけど、どうしてそれがリコンする理由になるのかよくわからなかった。お金がなくなると好きだったのに急に嫌いになるのか。

「お金がないと嫌いになるのかな？」

「そういう簡単《かんたん》なものじゃないの。天水にはまだわかんない」

「どうわかんないの？」

「嫌いになりたくないから、一緒に暮らさないってこともあるんだよ」

会社をやめるっていうのはたいへんなことだっていうのは知ってる。

クラスのかっちゃんのお父さんは会社をやめて、ちがうか、やめさせられた。そして毎日家にいてお母さんとケンカばかりしてるって。今度おじいちゃんのところに引っ越すかもしれないから困ったなぁって本当に困った顔をしていたんだ。転校したくないって。大人の都合で僕たち子供はあっちに行ったりこっちに行ったりするのはわかる。

「会社をやめて働かなくなったからさっさとリコンするってことかな」

「まぁそれもひとつかな」

「僕たちの前でケンカなんかしないように、別れて暮らすことにしたってことか」

そう言ったら風花ちゃんは少し首をひねってから、僕の鼻の頭を、チョン、ってつついた。

「するどいかも。天水こそ作家になれるかもね。あんた本読むの好きだし」

「作家になんかならないよ」

「なにになるの？」

「宇宙飛行士」

おー、って風花ちゃんが楽しそうに笑った。

「じゃあたくさん勉強しなきゃ」

「するよ」

「お父さんがいなくなって寂《さび》しい？」

「寂しいけど、泣かないよ」

「泣いてもいいよ。天水はまだ子供なんだから」

「風花ちゃんも子供じゃないか」

「わたしは、お姉さんだから大丈夫」

「じゃあ、僕は男だから平気」

そうだ。

男の子だから平気だ。

離婚　風花

なんとなくだけど、そんなことを考えたことがあるの。いつ頃《ごろ》からだったかは忘れちゃったけど、お父さんは仕事をしたくないんだなって。

自分でそう言ったわけじゃないけど感じた。お父さんはカーディーラーで営業《えいぎょう》の仕事をしていて、自慢《じまん》じゃないけど成績はいいんだぞって言っていた。お母さんも笑って頷《うなず》いてたから本当だと思う。お父さんが私たちに嘘《うそ》や大げさなことを言ったら、お母さんはすぐに口を尖《とが》らせるからわかる。

家は貧乏じゃなかったから本当にそうだと思う。世界でも有名なメーカーだったし、お給料だって良かったはず。私と天水は誕生日のプレゼントにいつも好きなものを買ってもらえたし、クリスマスにはサンタクロースがちゃんと欲しいものをくれたし、私は新しい服をちゃんとお母さんに買ってもらっていたし、天水はゲーム機はほとんど持っていたし。だから、ぜんぜん貧乏じゃない。きっとお父さんは私たちのために本当に一生懸命働いていたんだと思う。

でも、お父さんは、お休みの日の夜は天水が寝たらいつも自分の書斎《しょさい》にこもっていたの。それは知ってる。

書斎って言っても廊下の奥みたいな小さな小さなスペースでまるでトイレぐらいの広さのところ。置いてあるのは小さな机と小さな本棚とパソコンと灰皿だけ。壁には小さな窓があって、いつもそこを開けて煙草《たばこ》を吸いながらキーボードを叩《たた》いていた。あと、空気清浄機も置いてあった。煙草を吸っていいのはそこだけで、私も天水もその部屋に入っちゃダメ。

そして。

書斎に入るとき、お父さんはいつも嬉《うれ》しそうだった。

本当に嬉しそうだった。背中しか見えなくてもその背中がすごく楽しそうだった。書斎にいるときのお父さんはきっといつものお父さんじゃないんだって思っていた。あれが本当のお父さんなんだとしたら、会社で働いているときのお父さんは嘘のお父さん。昼間の間はずっと嘘をついているのはきっと大変なんだろうって。

私は思っていた。

私も嘘をつくことがある。そんなに楽しくないのに楽しいような顔をして友達と遊んでいることがある。そんなにスゴイと思わないのにスゴイねって友達をほめることがある。やりたくないのに先生に頼まれたから、いっしょうけんめい委員をやったことがある。きっとお父さんもそうなんだろうなって。

お父さんの嘘は、私たちをちゃんと育てるための嘘なんだろうなって考えたことがあるの。それは、誰にも言ったことがなかったけれど。お金がないと暮らしていけない。だからお父さんは自分に嘘をつきながら会社に行ってお給料を貰《もら》ってくる。それがお父さんなんだって。

だから、会社をやめたって初めて聞いたとき、あ、お父さんはついに嘘をつくことをやめたんだって思ったの。

ちょっとうらやましいなって。

もうお父さんは嘘をつかなくていいんだろうなって考えたら、そう思った。

お父さんの家へ行く　天水

夏休みにお父さんの家に行って様子を見てきたいって風花ちゃんと二人でお母さんに言ったら、いいわよって言った。

その代わりに毎日一回電話してくることって。

お母さんは嫌《いや》な顔も悲しそうな顔もしなかった。ちゃんと宿題するのよ、とか、ろくなものを食べさせてもらえなかったら文句を言うのよとか、そんなことを言っただけ。

お父さんが今住んでる新しい家は海が目の前なんだ。歩いて一分で海だって前に手紙に書いてあった。だから行けば夏休みの間ずーっと海で遊べる。

それで、僕と風花ちゃんは着替えをたくさん荷物に詰めて、お父さんの暮らす町に二人ででかけたんだ。

三ヶ月ぶりぐらいにお父さんと過ごせるようになった。電車とバスを乗り継《つ》いで三時間。バスに十五分乗ってバス停で降りてから歩いて十分。けっこう遠い。

でも、お父さんが車で電車の駅まで迎《むか》えに来てくれることになった。お母さんは、僕たちが帰りたくなったらいつでもお父さんの家まで迎えに来てくれるってことになった。どうしてわざわざ迎えに来てくれるのかって訊いたら、お父さんの様子もちょっと見てみたいからって。それなら一緒に来ればいいのにって思ったけど、お母さんはお母さんで仕事があるから行けないらしい。

お母さんは、お父さんと別れた後に仕事を始めた。結婚する前にしていた設計《せっけい》の仕事。建物の図面を引く仕事らしい。そんなことをしてたんだって僕は少しびっくりしたけど風花ちゃんは知ってたって。お父さんと別れたから、お金を稼《かせ》がないとならない。そうしなきゃ僕も風花ちゃんもご飯を食べられない。学校も行けない。だからお母さんは働いている。大変だなって思ったけど、でも、お母さんは楽しそうなんだ。それまでのお母さんとはちょっと違う。毎朝ご飯を作るのは前と同じだけど、忙しそうにお化粧をして僕と風花ちゃんと一緒に朝ご飯を食べて一緒に家を出る。

駅についてホームに降りたらもう海の匂《にお》いがしていて、初めての駅だったけど急に嬉しくなってきて僕と風花ちゃんは駆け足で階段を上って下《お》りて改札口を出たら、そこにお父さんが来ていた。

お父さんは髪が伸びていた。髭《ひげ》も伸びていた。白い半袖《はんそで》のシャツに紺色の短パンで黒いスニーカーを履《は》いていた。手を振って笑っていた。

「よく来たな」

「うん」

風花ちゃんの頭を撫《な》でて、僕の頭を撫でた。風花ちゃんはもう六年生だからそんなことされたらちょっと怒るはずなのに、今日は怒らなかったのは、きっとお父さんに久しぶりに会えて嬉しかったからだと思う。

この町に来てから買ったっていう車は、クリーム色のフォルクスワーゲンのビートルって車だったんだけど、もうびっくりするぐらいボロボロだった。あちこちサビがあった。エンジンを掛けると車が悲鳴みたいな音を出して、今にもバラバラになるんじゃないかってぐらい。風花ちゃんと一緒に後ろの座席に座ったんだけど、風花ちゃんがものすごく嫌そうな顔をして言った。

「お父さん」

「うん？」

「この車、いくらだったの？」

「一万円」

そんな安い車は初めて聞いた。

「大丈夫なの？」

「今までは大丈夫だったからこれからも大丈夫だ」

風花ちゃんは唇をへの字にした。そういう顔をするとお母さんにそっくりだってお父さんは笑ったけど、僕もそう思う。お母さんと風花ちゃんは怒ったときの顔がおんなじなんだ。車の会社で働いていたお父さんが大丈夫だって言うんだからきっと大丈夫だと思うけど、ものすごく乗りごこちは悪い。

「お母さんは元気か」

「元気だよ」

僕が言ったら、お父さんはちょっと後ろを向くみたいに頭を回した。

「どんなふうに元気だ。颪花」

「楽しいみたいだよ。働くの」

そうか、ってお父さんがうんうん、って頷いてた。

「きれいになったんじゃないか？　お母さん。どうだ天水」

「わかんない」

「きれいになったよ」

颪花ちゃんが言った。それはただお化粧をたくさんするようになったからじゃないかって思うけど。

「お母さんは前からきれいだよ。お父さんも言ってたじゃん」

「そうだな」

お父さんは笑った。

「お母さんはいつもきれいだもんな」

そうだよ。

☆
「ここ?」

「そうだ。恰好良《かっこう》いだろう」

「ぜんぜんカッコよくない」

お父さんの家は、本当に目の前が海だった。

道路はあるけどその向こう側がもう海。それは本当だったけど、ビートルと同じでものすごく古かった。一階しかなくて、屋根なんかあちこちめくれていて壁は全部けっとばしたら壊れそうな板ばかりでできていた。でも、縁側《えんがわ》があってそこに猫が三匹寝ていて、そのうちの一匹がすぐに僕たちに近づいてきて風花ちゃんの足のところに座ってにゃあん、って鳴いたら風花ちゃんはもう笑った。風花ちゃん、猫大好きだからね。全部のら猫だったらしいけど、エサをあげたら勝手にそこにいるんだって。

「名前は？」

「クロとブチとミケ」

「そのまんまじゃん」

わかりやすくていいけど。

家の中に入ったらけっこうちゃんとしてた。お父さんが知り合いの大工さんに頼んできれいにしてもらったらしい。風花ちゃんもにこにこしてたから、家の中は気に入ったらしい。ちゃんと僕たちの布団《ふとん》は新しいものを買ったって。トイレとお風呂《ふろ》も、僕たちが泊《と》まりに来たときに嫌がられないようにそこだけは新しくしたんだって。

お父さんの部屋は、前のすごくせまいところとは違って、ちゃんとした部屋だった。壁が全部本棚になっていて、そこにたくさん本が並んでいた。家にはこんなになかったのに、全部買ったのかって訊いたら貰ったんだって。

「古本屋をやっていた知り合いのおじいちゃんが死んじゃってな。全部、貰ったんだ」

古本屋のおじいちゃんの友達がいるなんて聞いたことがなかった。そう言ったら、お父さんは嬉しそうに笑った。

「お父さんにはお前たちの知らない友達はたくさんいるぞ。そしてな」

「うん」

「この家にはそんな友達がたくさん来てくれるんだ」

「いつも？」

「いつもってわけじゃないけどな」

でも僕たちがいる間はあんまり来ないようになってるから安心しろって。

自由　風花

会社をやめたお父さんは自由だって思った。

会社もそうだけど、お母さんからも自由になったんだ。そんなふうに言ったらお母さんがお父さんの自由をそくばくしていたみたいで、イヤな感じになっちゃうけど、でも、そういうことだと思う。

夫婦は、お互いをそくばくしているんだって、マリカが言っていた。

マリカはお父さんお母さんから聞いたんだって。だから、マリカのお父さんとお母さんは、結婚してもお互いをそくばくしないって話し合って決めていたんだけど、でも、結局いろいろなことがあって離婚《りこん》しちゃったって。

それなのに、まだ同じ家に住んでいる。そう、離婚したのにまだ一緒《いっしょ》に住んでいるの。マリカも一緒に家族三人で。だったら離婚なんかしなきゃいいのにって思うけど。その前に、結婚なんかしなきゃいいのにって。

ヘンだよね、ってマリカは笑ってた。私もそう思うって。でもマリカは元気に笑ってるから大丈夫なんだろうけど。そうだよね。結局みんなで一緒にいるんだから平気だよね。別に仲が悪いんじゃないみたいだから。

クラスでお父さんお母さんが離婚した子は二人いる。あ、私もいれて三人になったんだ。

マリカと私ともう一人は、ななこちゃんのお父さんお母さん。

ななこちゃんは、笑っていなかった。もともとあまりしゃべらない静かでおとなしい女の子だったんだけど、静かでおとなしいのはそのままで、なんだか暗くもなっちゃった。どうして暗くなっちゃったのかは、わかる。

わかるんだよ。私たちだって。

お金がないから。

ななこちゃんはお母さんと一緒に住んでいる。お母さんが働き出したって言ってたけれど、お父さんよりお給料が安くて大変なんだっていうのはよくわかる。引っ越した家も前より小さなアパートだったたし。

お金がすべてじゃない、って聞いたことがある。

担任の吉岡《よしおか》先生も前に言っていた。世の中にはお金より大事なものがたくさんあるんだって。それは、君たちの命だって言っていた。よくわかるよ。命は大事で大切なもの。お金より大事だってことは。

でも、その命だってお金がないと守れないってことだって知ってる。ななこちゃんがどんどん元気がなくなって暗くなっているのは、お金がなくて生活が苦しいってことがよくわかっているからだ。そのまま、どんどんお金がなくなっていってご飯も食べられなくなったら、大切な命は消えてしまう。そんなニュースが、たまにあるよね。

そういうのをテレビで一緒に見たら、「悲しいニュースね」ってお母さんは言っていた。お父さんも前にそう言っていた。どうして子供の命を守れないのかなって。

お父さんは離婚した。会社をやめて、作家になるために私たちと別れて暮らし始めた。それは、私たちの命をお金で守ることをほうきしたってことにならないんだろうか。ちょっと、思った。

言わないよ。訊かないよ。お母さんにもお父さんにもそんなふうには訊いたりしない。そんなふうに言ったらダメだってことぐらいわかるよ。

でも、もし、お父さんに訊いたら、そんなことしないって言うんだろう。私たちをちゃんと守るよって言うんだろう。

じゃあ、どうして離婚して一人で暮らしているのって訊いたら、どんな顔をするんだろう。

きっと、悲しい顔をするよね。困った顔をするよね。

だから、訊かない。

お父さんの家の初めての夜　天水

お父さんがご飯を作ってくれるんだって思っていたんだけど、ちがった。これから家にいる間は三人でご飯を作るんだって。

「僕も？」

「天水もだ」

風花ちゃんはお母さんを手伝ったりしているからお料理なんかも少しできるんだと思うけど、僕はなんにもできない。

「なにをするの？　僕は料理できないよ」

「いや、お前もできるよ」

「やったことないよ」

「簡単《かんたん》だ。材料を組み合わせて作品を作るんだ」

「作品？」

そうだ、ってお父さんは言った。

「お前、夏休みの自由研究で作品を作ったよな？　お父さんも手伝ったけど」

「作った」

「今ここに、そうだなぁ、大きな段ボールがたくさんと、ちゃんと電気が点《つ》く電球と電池、そしてちゃんと動く歯車と、そういうものがあったとしたら、それを組み合わせてお前はどんな作品を作る？」

段ボールと、電球と、歯車。

「ロボットだね」

「ロボットか」

「そう。段ボールで頭と身体《からだ》を作って、電球はロボットの眼《め》にして、歯車を組み合わせてちゃんと手と足を動くようにする。モーターもあったらいいな。そしてスイッチを入れたら本当に動く」

「それと料理は同じだ」

「同じ？」

同じなんだってお父さんはにっこり笑った。

「ここに、タマネギとピーマンと白いご飯があるとする」

「ピーマンはキライだな」

「好き嫌いは駄目《だめ》だ。そのタマネギとピーマンを包丁で小さく切って、フライパンで炒《いた》めて、そしてご飯を入れて、しっかり炒めて塩とコショウを振りかけて味付けしたら、お前も好きなチャーハンのできあがりだ。つまり、それだけの材料を組み合わせてチャーハンという作品を作ったんだ」

そうか。

お料理って、材料から作品を作るんだ。初めて知ったかも。

「そうやって考えたら簡単だろ？」

お父さんが言ったけど、となりで聞いていた風花ちゃんはなんかイヤそうな顔をして言った。

「そう言うと簡単そうだけど、そんなに簡単なものじゃないんだよ？　お父さん、ずっと一人でご飯を作っていたの？」

「作っていたさ。そして、作るのは簡単だ。問題なのは、作品には失敗作もたまにあるってことだな」

「しっぱいはせいこうの母だよ」

この間、谷岡《たにおか》先生が言っていた。

「その通りだ。さぁ、作るぞ」

「なにを作るの」

「今日は、カレーライスだ」

カレーか。風花ちゃんはなんかほっとしてた。きっとカレーなら自分でも作ったことがあるからだと思う。

☆

カレーは美味《おい》しかった。

じゃがいもとタマネギとニンジンとお肉を入れて煮て、カレールーっていうのを入れるだけでカレーはできあがるんだって教えてもらって、やってみたら本当にできた。

あとは、もっと美味しくなる工夫《くふう》を覚えればいいんだって。本当に工作と同じだった。

工作も、ちゃんとまっすぐ切ったり、きちんと折ったりすることができたら、同じ材料を使っても上手にできるから。

「散歩に行こう」

お風呂《ふろ》に入る前に、腹ごなしに海を歩くぞってお父さんは言って、風花ちゃんと三人で外に出た。夜の海を、砂浜を歩くのは初めてだったかも。

さくさくさくさくって音がした。砂浜は熱くなかった。誰もいないかなって思ったけど、他《ほか》にも夜の海岸を歩いている人は少しいた。

月が出ていて、海は暗くて、波の音がはっきり聞こえた。

「月の道があるみたいだろう」

「月の道？」

お父さんは、止まって、ほら、って言って、海を指差した。

「今日みたいに風がなくて波があんまりなくて、お月さまがはっきり見える日は、ほら、月が海に映《うつ》っているだろ？　それが伸びているように見えるだろ？　道みたいに見えるじゃないか？」

「本当だ」

「わかる」

風花ちゃんと同時に二人で言った。月が海に映っていて、それが伸びているみたいに見えて、月が海の上に道を作っているみたいに見えるんだ。

「月の道って、あれをそういうふうに言うの？」

風花ちゃんが言った。

「あまり言わないかもしれないな。お父さんが勝手にそう思って言ってるだけだ」

「勝手に言っていいの？」

僕が訊いたら、お父さんは頷いた。

「いいさ。言葉を作るのは自由だ」

「自由なんだ」

「自由だよ」

「でも、勝手に言葉を作ったら、誰もわからないでしょ」

風花ちゃんが言った。

「そうだ。誰もわからない言葉を作って使っても、誰もわからないからつまらない。でも、誰にでもわかる言葉だったらどんどん作って使ってもいいんだ」

「月の道も？」

「今、お父さんが言って、お前たちもこれを見たらすぐにわかったろう？　あぁ月の道だねって納得しただろ？　だから、そういうのはいいんだ」

「そういうのを作るために作家になるの？」

お父さんは、頷いた。

「それも、作家の仕事のひとつだな。言葉って言ったけど、それは〈表現〉と言う」

「ひょうげん」

「何かを表すことだ。今ここにピアノがあって、天水は怒ってるとする」

「怒ってないよ」

「たとえばだよ。たとえば怒っていて、眼の前にピアノがあって白い鍵盤《けんばん》と黒い鍵盤がある。怒ってることをピアノで伝えようとしたら、天水はどうする？」

考えた。でもすぐにわかった。

「叩《たた》く。鍵盤をバーン！　って」

「そうだ。それが〈表現〉だ。お前はピアノで〈怒ってる表現〉をしたんだ。でも、乱暴に叩いたら壊れちゃう。それにただ叩くだけなら、聴いてる人はびっくりするだけかもしれないだろ？」

「そうだね」

「ただびっくりさせるんじゃなくて、怒ってることを鍵盤を使った音楽で伝えようとしなきゃならない」

　そうか。

「それが、工夫なんだ。料理を美味しくする工夫とおんなじ。ピアノを弾《ひ》くときに工夫してるんだ」

「その通り」

　お父さんが、ぽん、って僕の頭を叩いた。

「材料を工夫して作品を作る。料理も、小説も、ピアノも、この世の中のものはほとんど全部同じだ」

「失敗することもあるよね」

　風花ちゃんが言った。

「あるよ」

　お父さんは風花ちゃんの頭を撫でた。

「上手《うま》くいくことは、実はあんまりないんだ。ほとんど失敗ばかりだ。でも、成功することもあるんだから、皆は一生懸命やってみるんだ」

お父さんがまた歩き出したから、僕と風花ちゃんも歩き出した。海岸にはいろんなものが転がってるから、僕はそれをいろいろひろったりした。ひろって、捨てて、ひろって、捨てて。

「お父さんとお母さんも失敗したの？」

風花ちゃんが、お父さんに言った。お父さんは止まって、こっちを見て、少し笑った。

「そうだな」

また風花ちゃんの頭を撫でた。

「風花はもうわかるか。人間関係もそうだな。工夫しても失敗することもあるよな」

「あるよ」

人間カンケイって、友だちのこととかか。お父さんとお母さんも、人間カンケイか。

風花ちゃんは、お父さんとお母さんが失敗したって思ってるのか。

「でも、お父さんとお母さんは、失敗とは少し違うって、風花ならわかるよな？」

風花ちゃんは、少しだけ首を斜《なな》めにした。

「まぁ、なんとなく」

たぶん、風花ちゃんはちょっと怒ってると思う。こういうときは、なんにも言わない方がいいんだ。お父さんは、座るか、って言ってそこに転がっていた木のところに座ったから、僕と風花ちゃんもお父さんをはさんで座った。

「風花も天水も、今、ちょっと楽しいだろ？」

「楽しいよ」

僕は夜の海の散歩は初めてだから、楽しい。風花ちゃんも、うん、って頷いた。

「でも、この夜の海の散歩は、お父さんとお母さんが離婚しちゃったから、できたことだよな」

「そうだね」

「ということは、離婚したから楽しいことがあったってことだ。でも、離婚しなくても、ひょっとしたら夜の海の散歩はいつか皆でできたかもしれない。お母さんも一緒に」

「そうだね」

「ひょっとしたら、こうやって三人よりお母さんもいれて四人の方が楽しかったかもしれないし、でも、やってみたら三人の方が楽しかったかもしれない」

こんがらがってきたぞ。風花ちゃんがちょっと顔をしかめた。

「なに言ってるのお父さん？」

お父さんが、笑った。

「わからないよな」

「わからない」

「お父さんもわからないんだ」

ぽんぽん、って、お父さんは僕と風花ちゃんの背中に手を回して、軽く叩いた。

「わかんないことばかりだから、やってみるかみないかを、自分で決めなきゃならないんだ。そして、自分で決めたことを後悔《こうかい》しないようにちゃんとやらなきゃならないんだ」

理由　風花

お父さんの家のお風呂はとってもいい。

新しくしたって言ってたけど、本当にいいと思う。これだけは本当に、本当に良かったかも。これから毎年、夏休みと冬休みと春休みにお父さんの家に泊《と》まりに来るのも、来るとしたら、このお風呂に入るためだけに来てもいいって思う。

お父さんの友達の大工さんが新しくしてくれたお風呂は、ユニットバスじゃない。タイル張りなんだ。どこかの温泉や銭湯《せんとう》みたいにタイル張りの大きな湯船。それも、新しいし、模様がものすごくキレイで可愛《かわい》い。

お父さんは「スペイン風だな」って言ってた。そういうのはよくわからないけど、でもなんとなく日本の模様じゃないなっていうのはわかった。

私はもっと小さいときから、幼稚園ぐらいから本当にお風呂に入るのが大好きで大好きで、お母さんに「早く上がらないとのぼせちゃう！」って怒られるぐらいに大好きなんだ。どうしてかはわからないけど。

きっとお父さんもそれを知っていたから、こんなふうにステキで可愛いお風呂にしてくれたんだと思う。

もし、大人になって、一人暮らしとか、結婚とかして、違う家に住むとしたら、ゼッタイにお風呂だけはステキにしたい。こんなふうに広い湯船にしたい。そういうところに暮らしたいって思ってるんだ。

お風呂から上がったら、お父さんは台所のテーブルでなんかコップで飲みながら、新聞を読んでいた。

暑いけど、そしてお父さんの家にはクーラーがないんだけど、そんなに暑くはなかった。扇風機が回ってて、その風が当たると涼しかった。

「トマトジュース」

「あるよ。ちゃんと買ってある」

冷蔵庫を開《あ》けたら、あった。いつものトマトジュース。天水はお風呂上がりに牛乳を飲むけど、私はトマトジュース。お母さんもトマトジュースで、お父さんは、適当だった。お母さんが買ってきて冷蔵庫に入れてあるものを飲んでた。今は、なにを飲んでいるんだろう。

お父さんの反対側に座った。

「天水は？」

お父さんが少し笑って、アゴをくいっと動かすからそっちを見たら、居間のテレビの向かいのソファで寝てた。あの子、お風呂から上がったらすぐに眠っちゃうんだよね。

テーブルの上に渦巻《うずま》きの蚊取《かと》り線香が載《の》ってて、煙がまっすぐに上がって途中からゆらゆら揺れて広がってく。

「暑いし、大丈夫だろ」

大丈夫だと思う。天水はぜんぜん風邪《かぜ》引かないから。

トマトジュースの缶のフタを開けて、飲んだ。

「お風呂サイコー」

「だろう？」

お父さんが、ニヤッと笑った。

「風花のために作ったんだからな」

「高かったの？」

「何が」

「工事の代金」

気にするな、ってお父さんはまた笑った。

「大工さんは友達だから、安くしてもらった」

「そういうのはダメだってお母さん言ってたよ」

「何がダメだって？」

「お友達だから、お仕事の料金を安くしたりするのは良くないって。ちゃんとお金を払ったり貰ったりしないと世の中はどんどんダメになっていくって」

うん、ってお父さんが真面目《まじめ》な顔をして頷いた。

「それは、その通りだな。大丈夫だよ。ちゃんと友達の損にならないようにしてもらっているから」

それはよかった。私のためにしてもらったことで、お友達が損したら困る。

「でも、風花はそんな話をしてるのか？　お母さんと」

「この頃してる。なにがあってもお金で苦労しないようにって、お母さんも教えてくれる」

「今からか」

お父さんは少し驚いたけど、それは、お母さんとお父さんが離婚したせいだと思うんだけど。

だから、驚いたって困るよ。

「だって、大変なんだもん。家は」

「風花」

「なに？」

「それはな、お前の考え過ぎだ」

「考え過ぎ？」

お父さんは大きく頷いた。

「きっとお母さんはお前の将来のためになると考えて、そういう話をしているんだと思う。それはいい。けど、今からお前が家のお金の心配をする必要はない」

「だって」

「お母さんは、真面目な人だろう？」

マジメかマジメじゃないかって言われたら、マジメだと思う。

「学校をずる休みしようとしたら怒るだろ？」

怒る。

「お父さんは怒らなかったけどね」

そうだな、って笑った。

「お母さんはとても真面目な、生真面目《きまじめ》な人なんだ。そしてそれはとても良いことなんだ。不真面目より真面目な方が良いに決まってる。でも、どんなことでもそうだけど、過ぎるのは良くない」

「なにを過ぎてるの？」

「そうやってお前がお金の心配をするから、いい機会だってそういう話をすることだ。ちょっとお母さんは考え過ぎていると思うな。あるいは、風花が考え過ぎているかだ。少なくともお父さんは、子供がお金の心配をするのはあまり良くないことだと思ってる。親は、そういう心配を子供にさせないようにしなきゃならないってな」

「でもさ、お父さんとお母さんが離婚して、お母さんは働きに出ているんだよ」

「それはもちろん、お母さんが生きるためだ。これから生きていくためにお母さんが選んだんだ。お金のためだけじゃない、自分の生き方のためにだ。お父さんが作家になると決めたみたいにな」

その話は、なんとなくわかるけど。

「お前と天水が学校に行って、毎日ご飯をちゃんと食べて、好きなものをたくさんじゃないけど、普通に買ってもらえるぐらいのお金は、お母さんはちゃんと持っている。お父さんが残してきた」

「そうなの？」

「そうだよ」

「お父さん、そんなにお金を持っていたの？」

「持ってはいなかったけどな。退職金とかそういうものだ。会社を辞めるときに貰えるお金だな」

そうだったんだ。

「でも、それじゃあお父さんが本当にお金がないんじゃないの？　今お仕事はしていないんでしょ？」

「しているよ」

「してるの？」

「アルバイトをしてる。いろいろだ。他の人の仕事を手伝ったりして、毎日ご飯が食べられるぐらいのお金は稼いでいるから心配するな」

「作家になるんじゃないの？」

「もちろん、小説は書いているよ。お前たちがいる間は、お前たちが寝てから書くようにするけれど、いないときには、空いている時間にはちゃんと書いている」

「でも、貧乏なんでしょ？」

お風呂はすごくよかったけれど、お父さんの家の中にあるものは全部古いものばかり。ソファも椅子《いす》もテーブルもテレビも扇風機も炊飯器も冷蔵庫も、食器だって、全部が古いものだってすぐにわかる。

これはきっと誰か友達から古いのを譲《ゆず》ってもらったものばかりだと思う。それか、粗大ごみをリサイクルしたのを、どこかですごく安く買ってきたたか。

そう言ったら、そうだって笑った。

「でも、使えるだろ？　ちゃんと全部きれいにしてある。普通に使えるから何の問題もない」

「でも、お金はないんでしょ？　新しいのを買えるかどうかもわからないし、作家になれるかどうかもわからない。ちゃんとしたお仕事もない。どうしてお父さんがそんなのを選んだのか、お母さんと離婚したのか、全然わからない。理由がわからない」

天水にはわかってるふりをしたけど、本当は全然わからない。

「お母さんを嫌いになったんじゃないんでしょ？」

「違うよ」

わからない。

「私や天水が小説を書くのにじゃまになったから？」

「それも違う」

「じゃあ、なに？　理由がわからない。子供だからわからないの？」

お父さんが、ふぅ、って息を吐《は》いた。少し笑いながら私を見た。

「いや、わかる。誰にでもわかる理由だ」

「どんな理由」

「我儘《わがまま》だ」

「わがまま？」

「そうだ。お父さんは、お父さんの我儘で作家になりたいから会社を辞めて、お母さんと離婚して、お前たちとも離れて暮らすことにした。全部、小説を書くにはそれしかないとお父さんが自分で勝手に決めてそうした我儘だ。小説を書くのに離婚する必要はないし、子供と別れなくたって書けるはずだ。でも、お父さんはそうしなきゃならないと思った。ただの、我儘なんだ」

「わがままはダメなんだよ」

「そう。だから、お父さんはお母さんに怒られた。本当に怒られた。お前や天水にも怒られてもしょうがない。お父さんは謝るしかない」

「大人だからわがままを言って勝手にやっていいの？」

「いや、大人だからじゃない」

お父さんは、うん、って小さく頷いて、少しマジメな顔をした。

「いいか？　今はわからないかもしれないけど、よーく聞いてくれよ」

「うん」

「我儘を貫《つらぬ》き通すってことは、その我儘の結果で起こったことに対して、何もかも自分で責任を取るってことなんだ。だから、我儘を言って許されるのは大人の場合が多いんだ。子供はそれができない。どうしてかは、風花ならわかるな？」

「子供は、子供だから、責任が取れないから？」

「そうだ」

「責任ってなに？　お父さんがわがまま言ってお母さんと離婚して私たちと別れて暮らして、私と天水のなにに責任を取ったの？」

「お金だ」

お父さんが、ゆっくり言った。

「お前たちが大人になるまでの間に掛かるお金を、お父さんはお母さんに預けてきた。さっきも言ったけど、贅沢《ぜいたく》はできないけどな」

「お金だけ？」

「お金だけだ」

「気持ちは？　天水はお父さんと暮らせなくなってすっごく寂しがってるよ？　その気持ちには責任取れないの？」

泣かないように、気をつけた。

こんな話をするつもりは全然なかったのにそうなっちゃった。声も大きくならないように気をつけた。天水が起きたら困るから。天水だけじゃなくて、私だって寂しいから。その気持ちが、声に出ないように気をつけた。うまくいったと思う。

「気持ちには、責任は取れないんだ」

「どうして?」

「心だから」

「心?」

「気持ちは、心だ。そして心には形がない。形があるものなら、壊れたら直せばいい。新しいものに換えればいい。でも、形のないものは直せない。心に思うことには、形のないものには誰も責任を取ることはできない。お母さんの気持ちにも、風花の気持ちにも、天水の気持ちにも、お父さんは何にも責任を取れない。それが、我儘っていうものだからだ。だから、その代わりに、お父さんは我儘以外の心を全部お母さんや風花や天水にあげることにしている」

　わがまま以外の心？

「それは、なに？」

「真心だ」

　真心。

「お父さんはもう、一生お母さんにも風花にも天水にも、絶対に嘘はつかない。全部本当の話をする。お父さんにできることは何でもするし、できないことはできないと言う。恰好つけて見栄《みえ》を張ったりしない。お父さんが小説を書くこと以外のことは、全部お前たちにあげるんだ。そう決めている」

「全部？」

「全部だ」

「全部って、どんなふうに？」

　お父さんが、ちょっと首を捻《ひね》った。

「もし風花が、学校が始まって、帰り道に急にお父さんに会いたくなって迎えに来てと言われたら、お父さんはアルバイトをしていてもすぐに駆けつける。その後一緒にご飯を食べてと言われたら食べる。でも、その後もずーっと一緒にいてと言われたら、小説を書く時間は欲しいから家に帰ると素直に言う。そうやって毎日毎日呼び出されたらお金がなくなるから、少し我慢《がまん》してくれってお願いする。そういうことだ」

「アルバイト、クビになっちゃうよ」

「なっちゃってもいいんだ。それはお父さんが責任を取るんだからお前たちには関係ない」

「ご飯食べられなくなっちゃうよ」

「どうしてもお腹《なか》が空《す》いてしょうがなくなったら、死にそうになったらそれも素直にお母さんに言う。ご飯だけ食べさせてくださいって。そして、お前にも少しの間アルバイトをさせてくださいってお願いして、アルバイトをする」

それが、お父さんの、お前たちに対する真心だってお父さんは言った。

砂糖入りのミルク

恵里佳

「すぅすぅしてるでしょ。家の中」

「うん」

私以外、誰もいない家の中。親子四人で暮らしていたのに、博明《ひろあき》さんがいなくなって。

「子供たちもいないから、余計に」

「そうよね」

こんなのは、独身のとき以来だから、十四、五年ぶり。

「誰かがいることに身体も心も馴染《なじ》んでいたんだなーって、つくづく」

「だよねー」

晴海《はるみ》がにっこり笑う。

「私はもう五年だから、それがあたりまえになったけれど」

「うん」

私よりも先に離婚した晴海。子供もいない一人暮らし。まさか、友人の中でもいちばん仲の良い、付き合いの古い二人が揃《そろ》って離婚経験者になるなんて。

「風花と天水がね」

「うん」

「お父さんのところに行ったその日の夜はね、電気もテレビも朝まで点《つ》けっぱなしにしちゃった」

「寂しくて？」

「寂しいというか、家の中にいろんな音が聞こえないことが、ちょっと怖くて」

あー、わかるわ、って頷く晴海。

「誰もいないのに音がすると過敏《かびん》に反応しちゃうのよね。家鳴《やな》りとかでも」

「そうそう。それを打ち消すのに」

「テレビの声ね」

ラジオでもいいんだけど、ラジオは喋《しゃべ》りっぱなしだから、ラジオだと思ってしまう。

テレビだと、音に間《ま》がある。その間が、普通を作り出す。

誰かがいて、必ず何かしらの音を立てている、それが聞こえている毎日の生活の、普通さを。

「それにしても」

晴海が居間を見渡した。

「随分《ずいぶん》すっきりしちゃったね」

「うん。かなり整理したし、模様替えもしたし」

「自分の趣味に」

「そう。お父さんの意見を全部取っ払ったの」

少し笑った。

晴海は、今までにも何度も来ていて、ここで一緒にご飯を食べたこともたくさんある。颪花と天水も、晴海ちゃんと呼んで親戚《しんせき》のおばさんのように懐《なつ》いている。博明さんは毒舌《どくぜつ》なところがある晴海をちょっと苦手にしていたけど、それは嫌がっているんじゃなくて、恥ずかしいからだって。

誰に対しても親しくざっくばらんに接する晴海と話していると、どんどん〈妻の友達〉じゃなくて自分の友達みたいな感覚になってしまう。それが、ちょっとだけ苦手だって。

そういう人だったんだ。

普段、お客様と接して、どんどん親しく話すような仕事をしていても、プライベートでは自分のテリトリーを守る人。ずかずかと入り込んではいかない人。ちょっと引いて、外から見ている人。

「どう？」

「どうって？」

「嫌いになったわけじゃないのに、離婚してしばらく経《た》った今のご気分は」

貰い物だって晴海が持ってきた赤ワインは、少し甘めで美味しい。もともとお酒は飲まない方だけど、このワインは美味しいってわかる。感じる。

「寂しい？」

「そりゃあ、寂しい」

それは、本音。

「でも、いつかは慣れる寂しさなんだってわかる」

晴海がほんの少し眼を細めた。

「それは、博明さんがそういう人だってわかっていたから？　ひょっとしたらって長い間思っていたんだ」

「意地悪」

唇を尖らせてから、いーっ、て歯を剝《む》いてやった。

「覚えてるわよ。博明さんが無理してるんじゃないかって。結婚してすぐに風花ちゃんができたってわかったときよね。言ったでしょ、恵里佳自分で。不安だって」

「言ったね」

覚えてる。忘れるはずない。私が、博明さんの将来を決めてしまったんじゃないかって。無理させているんじゃないかって。

「あえてここで訊くけど」

「うん」

「きっかけがあったの？　博明さんが何もかも捨てて、自分の夢を追うことにしたきっかけが」

「喧嘩《けんか》なんかしないわよ」

「それはわかってるけど」

「慣れ、かな」

慣れ、って繰り返して、晴海が少し首を捻った。

「生活の慣れ？」

「私のね。風花も天水も大きくなって手が掛からなくなってきて、私が主婦業に慣れ過ぎちゃって」

余裕が出てきて、自分の職業を思い出した。建築《けんちく》の世界。設計図を描く楽しさ。家族じゃない、仕事をする仲間に頼ったり頼られたりする毎日の楽しさ。

「そういうものを思い出しちゃって」

「わかる」

わかるわかる、って何度も晴海は頷いた。晴海も、税理士《ぜいりし》という自分の仕事を持っている。

「そして、お父さんがもうすぐ四十歳になるっていうのもあった」

何かを始めるのに遅過ぎるということはないけれども、そこがもうギリギリじゃないかって思える年齢。

「四十歳の上司と、五十歳の上司じゃ全然違う。身体も、心も、四十歳ならまだ、っていうのがあった」

「それもわかるな」

「そして、お義母《かあ》さんが死んじゃって」

元々家系の縁《えん》が薄かった博明さん。お義母さんが亡くなって、親類縁者《しんるいえんじゃ》がほとんどいなくなってしまった。たった独りになった。そして、お義父《とう》さんやお義母さんの保険金や実家を売り払ったお金が博明さんだけに遺《のこ》された。

「そういうのが、全部いっぺんにやってきて」

「タイミングね。人生の」

「そう言うしかないかな」

私は仕事を始めたかった。風花も天水も大きくなった。博明さんは、まとまったお金を私たち三人に、渡すこともできた。風花と天水が大人になって私が一人になっても基本的な暮らしには困らない程度には。

「そこで、離婚して独りになって小説を書く、っていう思考の飛躍《ひやく》の仕方がちょっとわかんないけど、そういうものなのよねきっと」

「そうなんだろうと思う」

ずっと、毎日の暮らしの中で少しずつ少しずつ小説を書き続けてきた。家族の時間をまったく犠牲《ぎせい》にはしないで。

夫として、父として、あの人は一生懸命自分の思いを押し隠《かく》して私たち家族の生活を守ってきた。

「縁起《えんぎ》でもないんだけどね」

「うん」

「お父さん、あの人ね、自殺した人の気持ちがちょっとだけわかった気がするって言ってた」

「何それ」

「魔が差すっていう感じ。自殺しようなんて思ったこともないからわからないけど、あるときに突然、死というものが自分の中に入ってきて飛び降りちゃったりする人がいるわけでしょ？」

晴海が、あぁ、と、大きく頷いた。

「そういう意味か。もっと他に表現がなかったのかしら作家になりたいって人が」

「でも、何かすごく腑《ふ》に落ちた。そういうことかって」

「うん。私も今、なるほどって思った。博明さんはいろんなもののタイミングがぴったり重なって、突然に〈作家になる〉っていう自分の思いに囚《とら》われちゃったんだ。もう、それしかなくなっちゃったんだ」

「そういうことみたい」

それを、その思いを否定なんかできなかった。否定したところでどうしようもなかった。

「何笑ってるの」

「ごめん。また思い出した」

「何を」

「その話を打ち明けられたとき。秋口だったんだけど、急にね、牛乳が飲みたくなったの」

牛乳？　って晴海が笑った。

「何で牛乳」

「全然自分でもわからない。動揺《どうよう》したから、落ち着こうとしたのかな。温かいミルクが飲みたくなって、お父さんにも訊いたら飲むっていうから、二人で夜中にホットミルクを飲んだの。砂糖も入れて」

甘いミルク。二人でふぅふぅ冷まして、飲んで。

「何でこんな話をしながら二人で甘いホットミルクを飲んでいるのかって、可笑《おか》しくなってきちゃって、二人でもうツボに入っちゃってずっと笑ってた」

「変ね」

「変だよね。今でも思い出すともう、あ、ダメだ。笑えてきちゃって」

「何笑ってるのよ」

また可笑しくなってきちゃって、慌《あわ》てて耐えた。その場面を思い出す度《たび》に笑えてきちゃう。

ワインを飲んだ。

「だからね。何かもう、悲しい思い出にならなくて困ってるんだ。別れ話は甘いホットミルクの味と笑いになっちゃって」

「そりゃ困ったね」

「本当に困っているのよ」

正直な話、悲しいよりも先に怒りもあった。どうしてそのことのために私たちを捨てるのか、という思いもあった。でも、それが全部甘いホットミルクの香りと温かさで吹き飛んでしまった。

「何かね、人生の指針《ししん》を得たような気分」

「指針って」

「この先も、悲しいことや辛《つら》いことがあった夜には、砂糖入りのホットミルクを飲めばいいかなって」

ただひたすら、軽い　博明

風花と天水の寝顔を、月明かりで見る。

柔らかい寝息、汗でおでこに張り付いている髪の毛、子供の甘い匂い。

何もかもが愛《いと》おしくて、いつまでもずっと見つめ続けていられる。

そして、見つめ続けていてもいい。このまま何時間でもずっと見ていて、そのままいつの間にか朝まで眠ってしまってもいい。誰にも迷惑を掛けない。何もかも自分で決めていい日々。

家庭というものを放り投げてしまったこの身は、自由だ。何もかもが、軽い。心も身体も。罪悪感《ざいあくかん》みたいなもので苦しむかとも思ったのだけど、意外なことにそれほどなかった。こうして風花や天水に会って、どうして離婚なんかしたのかと責《せ》められて苦しい思いをするかと覚悟《かくご》もしていたんだけど。

それも、なかった。離婚しようと決めたときには、さすがにこれはキツイだろうと覚悟したんだが、それもすんなりと身体に馴染んだ。

今も、ない。あったとしても一息で飲んだコーラみたいな程度のものだ。一度げっぷをしたらもうそれで消えてしまう。

自分は、そういう人間だったんだな、と自覚した。

この年になって自分がどういう人間なのかを改めて知るというのも、奇妙《きみょう》なもんだ。人生いつまでも学ぶことはたくさんある。結婚を決めたときも、風花と天水が生まれたときも、大きくなってきたときもそうだった。

自分は結婚を嬉しく思う男だったんだと気づいた。

自分は子供が生まれて嬉しいと思える人間だったんだ。

大きくなっていく子供たちの成長を喜べる男だったんだ。

子供の笑顔を見られることが生き甲斐《がい》だと感じられる男だったんだと、気づかされた。

何もかも、びっくりだった。本当に驚いていた。

おかしな表現になってしまうが、これが大人になるということなのかと考えてしまった。今までも年齢的には十二分に大人だったわけだが。

ひょっとしたら、子供になることなのかな、と感じた。

すっかり大人になっているのに、そこからまた自分の我儘だけで生きていきたいと考えるような男は、ただ子供に戻りたがっているだけなのかもしれないと。

我儘を通そうとする、子供。

ただひとつ違うのは、大人になってから子供に戻ろうとする男は、何があろうともその我儘を貫き通さないと、ただのバカだということだ。ただの甲斐性無《かいしょうな》しに陥《おちい》ってしまうということだ。

まだ、覚悟は持てていない。離婚して三ヶ月。ようやく自分の暮らしが身体に馴染んできたぐらいだ。恵里佳もそうだろう。主婦から社会人に復帰して、身体も心もそこに慣れてきた頃だろう。

風花と天水は、俺がいないことをそれほど悲しんでもいないようだ。寂しさはあるものの、今までだって仕事で遅くなることはたくさんあった。夜遅く朝早く、俺の姿を二、三日見ない日だってあった。

だから、今も単純に俺が仕事で忙しくて家で会えない日の延長みたいに、天水は思っている。風花は、お姉ちゃんだからな。もう少しいろんなことを考えている。感じている。それを申し訳なく思う。

思うけど、それすらも、ありがたく感じる。

何もかもが、子供の涙さえも、自分をどこかへと運ぶ羽根の一枚のようだ。これからの日々に感じる全てのものが、糧《かて》になる。

そう思える今の自分の心の軽やかさが、ありがたい。

ヒールのある靴　恵里佳

妊娠《にんしん》してすぐに仕事を辞めた。漠然《ばくぜん》とそうなるだろうなと思っていた。それに、つわりも酷《ひど》かったし、一度入院もしたしで、結果的にも良い選択《せんたく》だったと思っている。

何より、自分の子供ができたことが本当に嬉しかった。お母さんになることが楽しみだった。ブルーになることも多少はあったんだけれど、博明さんのお蔭《かげ》で乗り越えることができた。そう考えると、私はすごく恵まれた結婚生活を送ってきた。不満なんか漏《も》らしてはもったいないほどの。怒られるほどの。

風花がまだ赤ちゃんの頃、博明さんも早く家に帰ってきて子育てに参加してくれた。実は私が風花と一緒にお風呂に入ったことは、本当に数えるぐらいしかなかった。ほとんど毎日、博明さんが一緒にお風呂に入っていた。

おむつを替えることも、遊ぶことも、ご飯を食べさせることも、とにかく子育てのすべてに博明さんは自分から進んで参加してくれた。

結婚前にそんな話はしなかったんだけれど、こんなにも子供好きだったんだなって少し驚いたのを覚えている。

「嬉しかったのよね。それは聞いた」

「そうだね。そんな話したよね」

「何度も聞かされたわ。自分よりも子供の扱い方が上手くなっているって」

本当にそう。

だから、余計に驚いた。博明さんはあんなにも愛した自分の子供と、離婚して別れて暮らせるのかって。

「そういう話を、初めてしたのね。結婚して十年以上も経ってから」

「うん」

「博明さん、自分でも子供が大好きなんだって初めて知ったんだって。風花が生まれてしばらくしてから」

「しばらくしてから？」

「そう。退院して一ヶ月ぐらいは実家で過ごしたのよ私。覚えてる？」

「もちろん。遊びに行ったもの」

「そうよね。その時点ではあの人、自分に子供ができた実感がまるでなかったんだって。父親になったという感覚が全然なかったって」

晴海が、うん、って頷いた。

「そういう話はよく聞くわね。男の人はそんなもんだって」

「そうなの。休みには必ず実家に来てくれてたけど、もちろん何か嬉しかったんだけどそこまでのものは何にもなかったって。それが」

「この家に帰ってきてから、ようやく自覚したって話？」

「自覚したんじゃないの。楽しかったんだって」

「楽しかった？」

「この家に、私以外の命がいる。そしてその命は自分が見ててあげないと死んでしまうもの。だから、ちゃんとお世話をしないと駄目《だめ》なんだって」

「お世話って。犬猫じゃないんだから」

「でも、そういう感覚だったんだって。そして、自分がそういうふうにもなれる人間だってことに気づいたのが、とても嬉しかったって」

ふぅん、と、晴海がちょっと首を傾げた。

「要するに、父性というものは、こういうものなのかって自覚したって話ね」

「そうなるのかな。そして、自我《じが》というものを得た子供たちは、世話をしなくてもいいとも思えたんだって。風花が大きくなったときに」

何それ、ってちょっと口を尖らせた。

「もう自分がいなくてもいい。放っておいてもいいって思えたの？」

「そう思える自分がいたんだって。作家になろうと決めた瞬間に、そういうふうにも思ったって」

「わかりたくないわー。そういう我儘」

「そうよね。私もちょっと怒った」

「ちょっとどころじゃないでしょ。全部あなたに押し付けて自分は逃げ出してもいいって思ったわけでしょ」

「でもね」

「何よ」

怒れない、自分もいた。私の中に。

「どういうこと」

「子供ができて、もちろん得るものはたくさんあるんだけど、失うものもあるでしょ？　たとえば一人の時間とか」

「そうね。何かを得れば何かを失う。人生の何とかよ」

私は、それを失ったんだと思ったときに、ものすごく自分が嫌になった。

「何を？」

「今日、履《は》いてきた靴《くつ》にヒールはある？」

晴海がきょとんとした表情を見せた後に、思わずって感じで玄関の方を振り返った。

「あるわよ？」

「あるわよね。私の靴にもヒールがある。でも、ヒールのある靴を毎日のように履くようになったのは、離婚してから。仕事を再開してから」

うん、って頷いた。

「妊娠したら当然ヒールの高い靴は履かなくなるし、子育てのときもそうよね。動きやすさが最優先。スニーカーがお友達になるの」

「そうそう。でも、あれはいつだったかな。風花が二歳か三歳のときかな。公園で遊ばせていて、博明さんが風花と一緒にすべり台かなんかで遊んでいて、私はそれを近くで見ていた。にこにこしながら。優しいお母さんの顔で」

「眼に浮かぶわ。幸せな家族の絵」

「そう。どこからどう見ても幸せな家族。でも、私は近くを歩いていた女性に眼を奪われたの」

何よ、って晴海が言う。

「ヒールのある靴。すごくきれいな曲線の靴。きれいだった。機能的なのにお洒落《しゃれ》で優雅《ゆうが》な靴。私がもう履くこともなくなって、たぶんこの先もしばらく、ひょっとしたら一生履くこともない靴」

「一生ってことはないでしょう」

「ないわね」

「子育てが一段落したら、しなくたって実家に子供を預けて夫婦二人でお洒落してデートするぐらいできたでしょ。ヒールのある靴を履いて」

「でもそれは、仕事じゃないわ。私が眼を奪われたのは、その靴が仕事用の靴だったからよ。女性らしさを失わずに、でも、仕事の場に堂々と乗り込んでいける靴。それを履いている自分を捨てたことを、そのときに後悔しちゃったの」

うーん、って唸《うな》りながら、晴海がワインを飲んだ。飲み干して、自分で注《つ》いだ。

「一瞬でも、そう思ってしまった自分がいた、と」

「そう。でも、それでうだうだ悩んだりはしなかったわよ？」

「そりゃそうよ。二人目も産んだんだし。仕事より家庭を選んだ自分に後悔はしていなかった。でも、後悔した自分もいたって話ね」

「そういうこと」

だから、博明さんの気持ちに、百パーセント怒れない自分もいた。

「そしてね」

「言いたいことはわかるわ」

そう言いながら晴海が私のグラスにもワインを注いだ。

「悲しいかな、今はとても楽しいんでしょ。仕事が、毎日仕事をしている自分がどんどん好きになっていくんでしょ。旦那《だんな》のいない寂しさよりもどんどんそっちの方が大きくなっていくんでしょ」

大きく、息を吐いてしまった。

「その通り」

この生活を、楽しく感じている自分がいる。

朝ご飯も自分で作るんだ　天水

朝ご飯の目玉焼きを焼くのが僕の仕事だってお父さんが言った。

「なんで目玉焼きなの。風花ちゃんじゃないの」

「風花はもう目玉焼きは簡単にできるよな？」

「できるよ」

「できない人ができるようになった方がいいだろ」

「わかった」

お父さんが、フライパンはこれだって指差した。うちにあるのとはなんか少し違う。

ちょっと大きいかも。

風花ちゃんは黄身ははんじゅくの方がいい。僕は少しだけかたくて少しだけやわらかいのがいい。お父さんは、ターンオーバーがいいって言った。

「ターンオーバーって、なに」

「両面焼きだ」

「りょうめん焼き？」

「片方が焼けたら、このフライ返しでくるっと引っ繰り返して、両面を焼くんだ」

「お好み焼きみたいに？」

そうだ、ってお父さんが頷いた。

「そんなの家で食べたことないじゃん」

「朝の忙しいときにお母さんに頼めないだろ」

そうか。

「今は、誰も忙しくない。やってみろ」

卵を割るときに、カラがゼッタイに入らないようにって風花ちゃんが怒ったみたいに言う。僕だってカラが入るのはイヤだから、しんちょうにしんちょうに割る。

「そんなにゆっくりやっていたら、余計に入っちゃうぞ。お手本を見せてやる。こうだ」

お父さんが、カン！　って卵を打ち付けて割って、すばやくボールに入れた。

「どうしてそんなふうに割れるの」

「お父さんはもう何十回も割ったからな。三日ぐらいやったらお前もすぐに覚える。夏休みの間に卵を割るプロになってお母さんを驚かせちゃえ」

「なん回やったらプロになれるの」

「五十回も同じことをやって、きれいにできるようになったらもう立派なプロだ。一日三個の卵を割ったとして、十日で三十個だ。夏休みの間、ずーっとここにいて割っていたら完璧《かんぺき》だ」

「ずっとは、いないよ」

「いる間だけでもいい」

風花ちゃんは、レタスとか洗ってサラダを作る。お父さんはちがうフライパンでベーコンを焼いて、トースターでパンを焼いたりする。

三人で作る朝ご飯。

「お父さんは今日なにするの」

訊いたら、何にもしない、って言った。

「お前たちのしたいことを、やれるだけ一緒にやるぞ」

「ずっと？」

「ずっと」

「仕事しないでいいの？」

お父さんが、僕を見てにっこり笑った。

「これも、作家の仕事だ」

「これも？」

そうだって言って、焼けたベーコンを白い皿の上に置いていった。

「目玉焼きももういいぞ。ベーコンの隣に置け。風花、フライパンが重いから手伝ってやれ」

「わかった」

風花ちゃんがフライパンを持ってくれたので、僕がフライ返しで目玉焼きをすくって、皿に置く。

簡単だった。

「牛乳を飲みたいだけコップに入れろ」

「なんでこれが作家の仕事なの？」

椅子に座りながら訊いたら、お父さんも椅子に座りながら言った。

「まずは、食べよう。いただきます」

「いただきます」

トーストには僕はバターをたくさん塗《ぬ》る。風花ちゃんはバターはつけない。お父さんはマヨネーズを塗った。お父さんは家にいるときからマヨラーだったんだ。お母さんにときどき怒られてた。マヨネーズかけ過ぎだって。

「こんなこと初めてだよな？　三人で朝ご飯を一緒に作るのは」

「そうだね」

パンが美味しい。

「お父さんこのパン美味しい！」

風花ちゃんがすごく急いで言った。

「僕も思った！　パン美味しい」

「だろう？　近くのパン屋さんのパンだ。そこは本当に美味しいんだ」

「なんていうパン屋さん？」

「何だったかな。何とかベーカリーだ」

なんで名前を覚えないの、って風花ちゃんが言った。その言い方はお母さんみたいだっていつも思うんだ。

「何だっけ。あぁそうだ。作家の仕事な」

「そう」

そうだった。

「新しいことを、今までしたことのないことをするっていうのは、経験だ。お父さんは今までお前たちと朝ご飯を作ったことなかった。でも、今日初めてやった。これが、これからお父さんが書く小説に役立つかもしれない」

「かもしれない？」

「たぶん、役立つ。どんなことでもそうだ。物語は想像するものだけど、自分で経験したことは書くときに随分と役に立つ」

「お父さんの小説に僕と風花ちゃんが出てくるんだ」

いや、って言ったんだろうけど、パンをかじったときだったから、ふや、って聞こえた。

「そのままは出てこない。お前たちのことをそのまま書いたら、それはノンフィクションだ。実際にあったことをちゃんと書くという、違う種類のお話になってしまう」

「小説は、嘘だもんね」

風花ちゃんがレタスにフォークを刺しながら言った。

「嘘だな」

お父さんが、頷いた。

「でも、美しい嘘だ。人を騙《だま》したりする悪い嘘じゃない。人を楽しませるための嘘を、お父さんは本当のことを組み立てて作るんだ。本当のことを組み立てるのには、たくさんの本当のことを知らなきゃならない。だから」

お父さんは目玉焼きを、ぱくっ、て食べた。

「天水が焼いたこの目玉焼きは、本当のことだ。だから、これを食べることもお父さんの仕事のひとつなんだ」

誰もいない秘密の浜辺で遊んでいい！　天水

芋洗《いもあら》いみたいだぞ、ってお父さんは言った。

今日はなにをしたいって訊くから、海に来たんだから泳ぐって二人で言ったら、お父さんがそう言ったんだ。

海水浴場は芋洗いみたいだぞって。

「芋洗いって？　芋を洗うの？」

「昔はな、と言ってもお父さんも知らない昔の話だが、お芋を洗うときは木の桶《おけ》にたくさん入れて水を入れてかき混ぜるようにして洗ったそうだ。わかるか？」

なんとなくわかる。

「そうした方が、こすれあって土とかがよく落ちるから？」

風花ちゃんが言うとお父さんが頷いた。

「たぶんそういうことだろうな。で、海水浴場に人がもう大勢いて海も見えないぐらいになっていることを、芋洗いみたいだって言うんだ」

なるほどぉ、って僕はすごくよくわかってしまった。

「おもしろいね。言葉ってちゃんと意味があるんだね」

「意味があるから言葉なんじゃない」

「そういうことじゃないよ」

もっとちがうこと、って言いたかったけどどうやって言うのかわからなかった。

「それが表現ってことなんだね？」

お父さんに言ったら、にっこり笑った。

「そうだな、表現だ。お前たちの知らない、お父さんもあまり使わない古い表現だってたくさんある。言葉は生き物なんだ」

「生き物？」

「生き物？」

風花ちゃんと二人で同時に首を傾げちゃった。

「たとえ、だな。まるで生き物みたいに変化するんだ。植物だって動物だって、この世に生きているものはいろいろ姿を変えるだろう？　種から芽が出て茎が伸びて花が咲く。お前たちだって赤ちゃんの姿からここまで大きくなった。変化したんだ。それと同じで、言葉も表現もいろいろと変化する。変わらないものなんかないんだ」

「そうなんだ」

「まぁでも、そういう話をしようとしたんじゃない」

お父さんは笑って、立ち上がって窓のところまで行って僕と風花ちゃんを手招きした。

「あそこに岬があるな」

「あるね」

「あの岬の奥には、誰も入ってはいけない私有地になっている浜辺があるんだ」

風花ちゃんが、ちょっと跳《と》び上がった。

「プライベートビーチってやつ？」

「そういうことだな。そこの土地の持ち主しか入ってはいけないんだ。とてもきれいなところだぞ。それでだな」

お父さんが僕と風花ちゃんを見て、すごく楽しそうに笑った。

「お父さんはその土地の持ち主と知り合いになっているんだ。お前たちが夏休みに来ると言ったら、いつでもそこの浜で遊んでもいいって言ってくれたんだが、どうする？　ただし、海の家も何にもないただの浜辺だぞ」

「行く！」

風花ちゃんと二人で跳び上がって答えた。そんなの行くに決まってるじゃん。

なんにもないからお弁当が必要なんだって。だから、サンドイッチとおにぎりを三人で作った。飲み物も、麦茶を水筒に入れた。保冷袋に入れてリュックでお父さんが背負っていくことになった。僕と風花ちゃんは自分たちのタオルと着替えと水筒とおやつと。

「途中に美味しい唐揚《からあ》げを売ってる店があるからそれも買おう」

「いいね！」

「ただし、岬までの交通機関はないからな。海岸沿いの道をずっと歩いて、岬の中の森を抜けて崖《がけ》を下りていくんだ。けっこう大変だから覚悟しておけよ」

「なんキロぐらい歩くの」

「たぶん、六キロぐらいかな」

なんだ。そんなの平気だ。僕と風花ちゃんは毎日学校まで二キロ歩いている。たった三回分じゃん。それだけ歩くのなんか簡単だ。

友達　　風花

国道をずっと歩いて岬が近づいてくると、お父さんは階段から砂浜に下りて、また岬に向かって歩き出した。

「こっちから行く方が近道なんだけど、ちょっと山を登るみたいになるからキツイぞ」

「平気！」

天水が元気に言った。私もまだ全然大丈夫だし、勉強より運動してる方が好きだから楽しい。

砂浜を歩いて行くと岬の上に続いていそうな道が見えてきたけど、そこの前にはなんかの建物があって塀《へい》が続いていた。お父さんは木の扉の鍵《かぎ》を開けて、その中に入っていった。

「鍵預かってるの?」

「借りておいたんだよ。この夏の間だけ」

建物は、白くて大きくて小さなホテルとか別荘とかそんな感じだったけど、全然人の気配がなかった。庭みたいなところを歩いていくとそこから岬に上れる道があって、私と天水はお父さんの後についてどんどん上っていった。

「これ、つづら折りって言うんでしょ」

訊いたら、お父さんがちょっと驚いた。

「よく知ってるなそんな言葉。その通りだ」

けっこうな山じゃん! って天水が少しはぁはぁ言いながら走って上ってる。どんどん先に行ってるから危ないからそんな急ぐなって言おうとしたら、もう上まで行ってて立ち止まってなにかを見てた。

「お父さん、また家があるよ!」

天水が指差した。

「管理小屋だよ。人は住んでいない。もうすぐ浜だぞ」

　上り切って、今度は下り坂になってる。森の中に本当に小屋があった。でも、放ったらかしって感じじゃない。ちゃんと管理されてるって雰囲気で本当に山小屋みたい。

「走るなよ天水。下り坂は危ない。ほら、もう浜は見えるぞ」

　本当だ。見えた。すごいきれいな浜。英語のUの字の形で映画やアニメに出てくるような浜辺。砂が白く見えるのはどうしてだろう。

「お父さん」

「うん？」

「ここを持ってる知り合いって、友達なの？」

　うーん、ってちょっと唸った。

「お前たちの感覚の友達って感じじゃないけど、貸してもらえるほどには親しい知り合いだ」

「昔からの？」

「どこを基準に昔から、というのにもよるけれども、まだお前たちが生まれる前からの知り合いだよ」

そんな人が、知り合いにいたんだ。

「お金持ちなんだよね？　こんなプライベートビーチ持ってるなんて」

「そうでもないんだよ。よし、ここからはちょっと危ないからな。ゆっくり下りるんだ。木の枝なんかに摑《つか》まりながら下りるんだぞ」

道がなくなってる。これ、けもの道って言うのかな。ほとんど崖みたいなところに人が下りる跡《あと》がついていて、そこを天水も私もお父さんも、足を踏ん張りながらゆっくり歩いた。きっとお母さんがいたらきゃあきゃあ騒いだかもしれない。こんなところ下りるのコワイって。

海は本当にきれいだった。そして誰もいなかった。砂浜が白いのもわかった。きっとこれは貝殻《かいがら》が細かくなって交じっているんだと思う。

「天水待て！」

天水が走って行こうとするのをお父さんが止めた。

「慌《あわ》てるな。いいか？」

お父さんが指差した。

「あそこに岩が少し見えるな？」

「見える」

「あそこまでは、この浜は浅いんだ。お前の身長でも全然平気だ。でもその先から深いから、絶対にあの岩の向こうには行くな。その手前までだ。わかったか？」

「わかった！」

たぶん、大丈夫。天水はけっこう気が小さいから、それに泳ぎも上手じゃないし。天水が走って入って行って、本当に浅い！　って驚いてる。お父さんが荷物を下ろして、敷物を広げたので、私もそこにリュックを置いた。

「ねぇ、お父さん」

「何だ」

「お金持ちじゃないの？」

また訊いたら、お父さんは困ったように笑った。

「何だ、気になるのか」

「だって」

お父さんの友達は会社の人しか知らない。大分前に大学のときの友達って人が遊びに来たことがあるけど、この町に友達がいるなんて知らなかった。

「古本屋さんとか、大工さんとか、ここを持ってる人とか、お父さんは私の知らないところにおもしろそうな友達がたくさんいるみたい。そんなの全然知らなかったし。うちに遊びに来たこともないし」

そう言ったら、お父さんは、うん、って頷いて座ったので、私も隣に座った。天水は浮袋《うきぶくろ》を一生懸命ポンプで膨《ふく》らませてる。

「風花の知らない知り合いは、お父さんにはたくさんいるって言ったな?」

「そうだね」

「この町に来たのも実はその知り合いがいたからだ。あの家は知り合いから紹介してもらって借りた。お父さんはな」

私を見て、ちょっと考えるみたいに頭を傾けた。ちょっと恥ずかしそうに笑った。

「風花は、小説家ってどういうものかわかるな」

「小説を書いて本を出してる人。それで生活をしてる人」

「そうだ」

お父さんは頷いた。

「実は、お父さんは本を出せる小説家じゃなかったけど、小説を発表してる小説家ではあった」

「そうなの？」

びっくりした。

すごいびっくりした。

「本当に？」

「本当だ。お父さんは風花に嘘なんかつかない」

「本を出していないの？」

「出していないんだ。本になるほどたくさんの小説を書いていなかった。書けなかった。でも、文芸誌《ぶんげいし》ってわかるか？」

「わかんない」

「大人が読む小説ばっかり載っているような雑誌だ。そういうのが本屋さんには売ってるんだ。お父さんの小説は、そういう雑誌に載ったことがあるんだ」

全然知らなかった。

「お母さんは知ってたの？」

「もちろん知っていたさ。でも、載ったと言っても最後に載ったのはもう五年も前だ。

そして、全部で三編しか載ったことがない」

「書けなかったから？」

「書けなかったのもあるし、書けても、いいものができなかったからだ」

「私たちがいたから？」

お父さんが、思いっ切り首を横に振った。

「それは、違うぞ風花。絶対に違うからな。書けなかったのはお父さんのせいだ。そんなこともう絶対に思うなよ？　いいか？」

「わかった」

お父さんが笑って、私の頭をポンポンって軽く叩いた。

「だからずっと小説家とも言えない、ただの物書きではあったんだお父さんは。もう二十年ぐらいな。そして、二十年もそういうことをしていると、いろんな知り合いが増える。お父さんの数少ない小説をすごいって思ってくれる人も出てくる。編集者って知ってるか？」

「知ってる。出版社で働いてマンガとか小説とかの本を作る人」

「そうだ。小説家やマンガ家と一緒になって、本を作る人。そういう人の知り合いもできるし、そして本当の、お父さんみたいなただの物書きじゃない小説家とも知り合いになる。ただ、しょっちゅう会うわけじゃない。作品を通して会うんだ」

「作品を通して？」

そうだ、ってお父さんは頷いた。

「その人が書いた作品を読めば、その向こうにその人が見えてくる。どんな人がどんな思いで書いているかがわかることもあるんだ。だから、一度しか会っていなくても、ずっと作品を読んでいれば、たまにメールで話していれば、友達みたいになれる。そして、本気で小説家になろうとすれば、その手助けもしてくれる。ここで遊んでいいって言ってくれた人も、実は小説家だ」

そうだったんだ。

「その小説家の人もお金持ちってわけじゃないぞ。先祖代々ここに住んでいるんだ。だから名前を言って誰でもわかるような小説家じゃない」

「女の人？」

訊いたら、お父さんがちょっとだけ変な顔をした。

「どうして女の人だって思った？」

「こんなきれいな場所を持ってる人はきっと女の人だって思ったから」

「なるほど」

うん、って頷いて何かを考えた。

「確かにそうだな。女の人だ」

なんか、ちょっと私も考えちゃった。

「きれいな人？」

訊いたらお父さんが困るかなって思って訊いたんだ。だって、お父さんはもう独身なんだからお母さんの他に好きな人がいたっていいんだから。

そしたら、お父さんがちょっと困った顔をして、それから、笑った。

「そうだな。今もきれいだから、昔はもっときれいだったろうな」

「昔は？」

「その人は、風花のおばあちゃんよりもっとおばあちゃんだ。もうすぐ八十歳かな」

おばあちゃん。

八十歳の。

現実は意外と簡単

恵里佳

まだ二人が幼い頃、この子たちがいないと私は生きていけないと思ったこともある。それは、急な発熱で夜間救急病院に駆け込んで、ようやく熱が引いてきて穏やかになってきた寝息を確認できたときとか。そんな大げさな事態《じたい》のときではなくても、二人で同じような恰好をしている寝姿を見たときとか、普段はあまり似ていないのに笑顔はそっくりだと思った瞬間とか、何でもないときに甘えてきたときとか。

この子たちのためなら私は何でもできると思った瞬間が何度も何度もある。この子たちの成長を見つめることだけが私の生き甲斐なんだと。

その気持ちに嘘はなかったと思う。今でもきっとそう思ってる。

でも、こうやって、仕事をして帰ってきたときに二人がいない部屋の中で、自分のためだけの時間を過ごしていると、ふいにそれがやってくる。

子供がいなくても、自分一人だけでも毎日は過ごしていける。そういう思い。考えてみたらそれはあたりまえのことで、風花と天水が生まれる前はそうやって生きてきたんだから。

でも、子供のことをまるっきり頭の中から追い出して仕事をしていて、そうして帰ってきたときにふとやってくる後ろめたさ。子供がいないと生きていけないと思ったあのときの自分を忘れるなんて母親失格じゃないかとまで思うこと。

親が子供を育てるんじゃない。親は子供に育てられるんだってよく言われる言葉だけど、本当にそう思う。

私は、風花と天水を産んだことで、子供たちがいてくれることでどんどん違う自分を手に入れている。人間としても、女性としても成長したと思う。

今、こうやって、二人がいない日々を楽しんでいることを後ろめたく思うことも、津田恵里佳という女を成長させているんだと思う。母親としてもひとつ前に進めたんじゃないかと思う。

そう思わないと、本当に後ろめたくて泣きたくなっちゃうから。

夏休みが終わる前に、あの子たちは博明さんのところから帰ってくる。きっと、二人ともそれぞれに新しい経験をして、何かを感じて帰ってくるに違いない。それを嬉しく思ったり、少し寂しくも思ったりするんだろう。

反対に、離婚した父親のところで過ごすなんて、そんな思いをさせて申し訳ないとも思うのかもしれない。

あの人も、博明さんも、そんなことを考えるんだろうか。それが全部あの人の、作家としての感性の栄養になっていくんだろうか。

他人になった博明さんのことが嫌いになったわけじゃない。私から離婚したいと思ったわけじゃないんだから、好きなのがあたりまえ。

もし、博明さんがまた一緒に暮らしたいと言ってきたら、今はまだ、素直に受け入れるつもりでいる。これが何ヶ月も何年もしたときにもそう思っているかどうかは保証がないけれども。

そういう話も、離婚前にした。

☆

「もしも、急に心が折れてしまったらどうするの？」

「どうする、とは？」

「作家になれずに、本当のところで諦《あきら》めるようなことになってしまったら、またここに帰ってくるつもりはあるの？」

博明さんは、ほんの少し躊躇《ためら》うような表情を見せた。

「そんな虫の良いことは考えていないさ。でも、もし仮にそんな事態になって、僕が戻ってくることで風花と天水が喜ぶなら、そして君が許してくれるなら、受け入れてほしいとは思うけれど」

でも、って、すぐに続けた。

「本当にもしも、そんなことが起こるようなら、君は条件をつけてほしい」

「条件って？」

「きちんとした、安定した収入を得ることのできる仕事を見つけてから戻ってくること、と。そうじゃなきゃ、受け入れないとしてほしい」

それは、現実的にそうでなければ困るだろうし、博明さんも男としての矜持《きょうじ》みたいなものがあるんだろう。

「じゃあ、そうする」

「もちろん」

「何？」

博明さんはまた何か考えてから、言った。

「それ以前に、君は別の愛する人を見つけたら、結婚してもいいんだ。それは、当然のことだ」

「そうね」

離婚するなら、それは当然の選択肢《せんたくし》。

「そして、あなたもそうだってことでしょう？」

「何度も言うが、考えたこともない。でも、そういうことにはなる」

本当に愛しているのなら、離婚なんて二文字を思いつくはずがない。離れて暮らそうなんて思えるはずがない。

☆

そう思った。そう思ったから、素直に言った。

でも、博明さんは言った。

二人で生きていくことと、一人で生きていくことと、愛することは別だと。

私を愛していると。でも、一人で生きていかなければ小説を書けないと今は思っている。だから、一人で生きることを選ぶんだと。

それは結局、私を捨てることなんだと私は言った。

少し悲しい顔をして、博明さんは、頷いた。

そう解釈《かいしゃく》してしまうのはわかる、と。そう思われてもしょうがないと。でも、もちろん私を愛していると。

でも、ひょっとしたら、自分だけを愛さないと小説は書けないのかもしれないとも。

少なくとも、今の自分は。

そして、それを選ぶんだと。

現実は、意外と簡単なんだ。どんなに泣き暮らすか、寂しくなるか、面影《おもかげ》を追い求めるかと思ったのに、もうこの生活に慣れている自分がいるから。

あんまりにも慣れてしまって、ひょっとしたら博明さんを愛していたなんていうのも、単なる思い込みだったのかもしれないって考えるほど。

「そんなことはないけどね」

苦笑してみる。

だって、やっぱり寂しい。あの人がいてくれた日々の方が、楽しかったと思える。

でも、それを思い出にしてしまえるかもしれない、自分もいる。

選択　風花

眼が覚めた。

部屋が真っ暗でびっくりした。

(夜だ)

ゆっくり起き上がって、お父さんの家にいるんだってすぐにわかって、そしてまだ夜なんだって。じわーってだんだん自分がどうやって寝たかを思い出してきた。

お風呂に入って、お父さんと天水とトランプをして遊んで、映画のＤＶＤを観《み》た。

天水が途中で寝ちゃったのでお父さんが部屋まで抱っこしてそのまま寝かせて、私は歯をみがいて、それからお父さんにおやすみを言って、ベッドで寝たんだ。

なのに、起きちゃった。

時計を見たら、二時になっていた。夜の二時。どうしてそんな時間に眼が覚めちゃったんだろう。ベッドを下りた。隣で寝ている天水の寝息が聞こえる。タオルケットを全部けっとばしているから、お腹のところにかけた。お母さんがいつもそうするみたいに。

戸は開いてる。

お父さんの部屋に明かりが点いている。そっと、音を立てないように歩いていったら、キーボードを打つ音が聞こえてきて、それが止まった。

お父さんが、振り返って私を見た。

「どうした」

笑ったので、私も笑った。

「起きちゃったのか」

「なんか、眼が覚めた」

そうか、ってお父さんが頷いた。

新しいお父さんの部屋には本が本当にたくさんある。整理されないで床の上にもたくさん積んである。緑色の布が張ってある古いソファもある。歩いていって、そこに座った。お父さんの部屋は、少し暗い。机の上のスタンドしか点いていないからだ。

あとは、ノートパソコンのディスプレイの光だけ。

「何か食べるか？　飲むか？」

お父さんが優しい声で言った。

「いい。大丈夫」

「そのままそこに座ってるとそこで寝ちゃうぞ？」

「ダメ？」

いいや、ってお父さんが笑いながら言った。

「別にいいぞ。今夜も暑いから風邪は引かないだろ」

もし寝ちゃったら、きっとお父さんがタオルケットをかけてくれるんだ。きっとそうだ。でも、眠くはない、どうしてなんだろう。

「どうして起きたかわかんないの」

お父さんが、うん、って頷いた。

「疲れていたんだろう。自分が思っているより疲れていたから、ぐっすり眠ったんだ。深く眠ったんで、眼が覚めてもそのまま また眠くならなかったんだなきっと」

「そうかな」

疲れていたのかな。

「海でたくさん泳いだから」

「そうだな。そう、明日の晩ご飯は、あの浜辺でバーベキューはどうですかって誘われたぞ」

「バーベキュー？」

そうだ、ってお父さんが頷いた。それから立ち上がって、私の隣に座ったから、寄り掛かった。

お父さんの匂いがした。

「蒲原《かんばら》さん、という人だ」

「かんばらさん？」

「あの浜辺の持ち主のおばあさんだ」

「作家のおばあさん」

「そうだ。その人からメールが来たんだ」

ちょっとびっくりした。

「八十歳なのに、おばあさんがメールをするの？」

するさ、ってお父さんが笑って、私の肩に手を回してきてぎゅっと抱っこした。

「おばあさんでも、昔っからパソコンを使ってきた人だ。お前たちよりパソコンを使いこなすぞ」

「すごい」

「すごいんだ」

「バーベキューって、かんばらさんと？」

「蒲原さんと、ご近所の仲良しの皆さんだ。あそこの浜辺ではよくそういうことをするそうだ。お前たちが来てるなら、一緒にやりましょうって誘ってくれた」

「そうなんだ」

「行くか？」

「行く」

楽しそう。

「天水もゼッタイ行くって言うよ」

「言うな」

お父さんの匂い。お母さんの匂い。どっちの匂いも好きだ。お父さんは今、煙草を吸っていたから煙草の匂いがするけど、それも好き。

「お父さんはさ」

「うん？」

「人生の選択をしたんだよね」

おお、ってお父さんが声を出して私の顔をのぞきこんだ。

「その通りだな。よく知ってるなそんな言葉」

「学校で習うよ」

「そうか」

「その通りだ。人生の選択をした。でもな、それは特別なことじゃないぞ。お前にもすぐに人生の選択をするときが来る」

「すぐに？」

そうだ、って頷いた。

「ひょっとして、中学？」

「そう。お前は行く中学を選べる」

「選ばないよ」

私立なんか行かない。

「普通にみんなと一緒に行くよ」

「それが、選択だろう。お前は私立に行かないって選択をしたんだ」

「なにも考えなかったよ。考えないで、そのままでいいやって思ってるよ」

そうだな、ってお父さんは言った。

「それでも、お前の選択なんだ。お母さんもお父さんも前に訊いたよな？　中学はどうするって」

「訊いたね」

「それで、お前は選んだ。この先の人生で、自分で選ぶ瞬間はいくつもいくつも、たくさんやってくる。それは特別なことじゃない。選ぶことそのものが人生だと言い換えてもいい」

選ぶことが人生。

「選ばなかったら？」

「選ばなかった、という選択肢を選んだことになるんだ」

「よくわからない」

そのうちにわかる、ってお父さんは私の頭を抱きしめた。

「それがわかるようになるまで、お父さんもお母さんもお前のそばにいるんだ。わかるようになったら、もうお前はお父さんからもお母さんからも離れて、一人で暮らしていけるってことだ」

書くことは生きる希望

博明

蒲原さんに会うと、人が長く生きていくためには希望が必要なのだ、というのを実感する。毎回、会う度にそう思う。

そして蒲原さんにとっては書くことこそが、今日も物語を綴《つづ》ることができたということが、その希望なのだと。

希望をあたりまえのように心の中に持ち続けられる、希望の灯《ひ》を灯《とも》し続けられる人間は強い。どんなことがあろうとも心が折れることはない。たとえ肉体が衰《おとろ》えようとも、その身体から生気《せいき》が失われることがないんだ。

それは、どんな人にとっても同じことなんだろう。仕事だけじゃなく、孫と遊ぶことが希望となっている人もいるだろう。自分の庭の花を育てることが毎日の希望という人もいるだろう。大げさなものでなくてもいい。そもそも希望というのはささやかなものなんじゃないか。ささやかだから長くその灯を灯し続けていけるんじゃないか。

御年《おんとし》八十歳の老作家。

蒲原喜子《よしこ》。

尊敬できる人と巡り合えるというのは、実は大変なことではないかと最近思う。ごく普通に人生を過ごしていては、なかなかそういう人物には出会えないのではないか。蒲原さんと知り合うことができたのは、自分の人生の中でも相当に大きな幸運だと思っている。

「すごい！　もう準備できてる！」

夕方に昨日と同じコースを辿《たど》って浜に着くと、風花も天水も驚いていた。蒲原さんを慕《した》う近所の人たちが集まっている。もうここ二十年近くの、毎年の恒例行事なんだと言っていた。そのための道具などは常に管理小屋に置いてあるそうだ。

文字通り蒲原さんのお隣の牧野《まきの》さん夫妻、近所の堂島《どうじま》さん、国道沿いでサーフショップを経営する中野《なかの》くん、自宅にアトリエを構える画家の西《にし》さんなどなど、いつも十人以上が集まって、この浜でバーベキューを楽しみ語り合う。

子供が参加するのは初めてだと、皆が風花と天水を歓迎してくれた。

「おばあちゃんもあそこを下りてくるの？」

天水が訊いた。

「それは無理だ」

さすがにあの崖を下りてくるのは、本人は平気だと言うがここ十年ほどは周《まわ》りが許さずに、ボートに乗って岬を回ってやってくるという。

「ボート？」

「ほら、来たよ」

中野くんが指差すと、海岸にある貸しボート屋のボートに乗った蒲原さんの姿が見える。漕《こ》いでいるのはやはりバーベキュー仲間である、美容師の小島《こじま》くんと、奥さんの茉理《まり》さん。

蒲原さんは常に笑顔を絶やさない。豊かな白髪《はくはつ》に血色のいい顔はまだまだお元気だと会う度にほっとさせてくれる。ボートから降ろされるときには背負われるが、砂浜に立つと腰も背筋もしゃんとして、まっすぐにこちらを見て、手を振る。

「岬さん」

「お招きありがとうございます」

「こんばんは！」

風花と天水が言われた通りに、頭を下げて挨拶《あいさつ》する。

「風花です」

「天水です」

「はい、こんばんは！　蒲原喜子です。良かったら、喜子さん、って呼んでね。喜子おばあちゃんは嫌《いや》よ」

「はい、喜子さん」

「わかりました！」

笑って蒲原さんは風花と天水の頭を撫でる。

「良い子たちね。会えるのを楽しみにしていたわ。天水くんは岬さんにそっくりね」

「そうですね。顔の形は母親なのですが」

「風花ちゃんは、大人になったら美人さんになるわ。とても良い形の眼をしている。お母さん似かしら」

風花が嬉しそうに頷いた。

「天水くん！」

中野くんが、天水を呼んだ。

「こっちへ来い。火の点け方を教えてやるぞ」

「うん！」


火を点けられたら、生きていけるって　天水

中野さんはサーフィンの店で働いていて、時間があったらいつでも波に乗ってるって言ったけど、とにかくアウトドアなことが好きなんだって。

「むしろ家なんかいらないぐらいだ」

「いらないって？」

「雨さえ降り続けなきゃ、テント暮らしでもいいってことだ」

「へー」

テントか。

「キャンプはしたことあるかい？　お父さんと」

「ある。一回だけ」

「お父さんは、アウトドア関係は苦手かい？」

「えー、どうかな？　わかんない」

お父さんは向こうで喜子さんと話してる。風花ちゃんは、野菜を切ってる。

「火の点け方を覚えておきな。どこで役に立つかわからないし、知識があるとどこでも生きていけるぞ」

燃えやすいのは乾いた小枝や枯れた草。そういうものに火を点けるとあっという間に燃えるけどすぐに消えちゃう。だから、燃えやすい乾いたものの上に、少し大きめな薪《まき》とかを置く。

「そうして、マッチで火を点ける」

「マッチ、使ったことない」

「こうやって点けるんだ」

　中野さんがやってくれた。マッチを人差し指と親指で挟んで持って中指でちょっと支えるようにして、シュッ、て動かす。

「自分の身体に向けない。反対側にマッチを擦《す》る」

「こう？」

「そうそう。怖がらないで力を入れないで軽く擦る。最初はボーッ！　って大きく火が点くけど慌てない。ゆっくり、この火種になる草の下にマッチを置く」

　やってみたら、簡単にマッチに火が点いた。ちょっとびっくりしたけど、言われた通りにやった。

「上手《うま》い上手い。もう一本、やってごらん」

　やった。一回やったら、すごい簡単。マッチってこんなふうに使うんだ。

「そうしたら、今度は火が消えないように軽く風を送るんだ。強くし過ぎると消えちゃうからな」

もっと簡単に火を点ける方法はたくさんあるって中野さんは言った。

「でも、難しい方法を知っていた方がいいだろう？」

「ムズカシイ方法を知っていたら、あとはカンタン？」

「そう、簡単」

「どこでも生きていける？」

さっきそうやって言ってたから訊いてみたら、中野さんは笑った。

「オレはね、そう思うんだ。火の点け方を知ってる男はどこでどうなっても生きていけるって」

「そっかー」

お父さんは知ってるんだろうか。火の点け方。

「ほら、大きな薪も燃えてきた。こうなったら、後はもう火が消えないようにしていればいいだけだ」

「見てるんだね？」

「そう。薪が全部燃えちゃう前に、薪を足していく。そのときに注意するのは、風の通り道を作るように置いておくこと」

「風の通り道」

「火が燃えるためには、空気が必要なんだ。空気ってことは、風だ。こうやってぴったり揃えて薪を並べるよりは、こうやってずらして並べた方が風が通っていく感じがするだろう？」

「する」

「そういうこと。覚えておくといいよ。風とか火とかは自然のものだろう？」

「自然だね」

「自然のものっていうのは、こんなふうにぴったり揃うってことはないんだ。揃えるのは人間だけだ。自然は、流れる方に流れるし、崩《くず》れる方に崩れる。無理矢理に揃えちゃったらそれはバランスがよくない」

なるほど。よくわかんないけど、なんとなくわかるような気がする。

海風　風花

喜子さんは、おばあちゃんだけどおばあちゃんに思えなかった。とっても元気だし、すごく頭がいいと思った。だって、みんなといろんな話をするんだけど、すごく反応がいいしなんにでも答えるんだもん。そして、みんながその話を聞いてる。小説家ってそういうのがあたりまえなのかな。毎日いろんなことを考えてるからボケたりしないのかなって思っちゃった。

「風花ちゃんは、六年生ね」

「そうです」

喜子さんが私に訊いた。

「じゃあ、もういろんなことがわかるわね」

「いろんなことって？」

「たとえば」

そうね、って少し考えるみたいに喜子さんが首を捻った。

「夜の海風は、昼間の海風より気持ちが良いとか」

「気持ち良いです」

ここに来るまで、夜の海にいたことがなかった。海水浴に来たことはあったけど、こんなに暗くなるまで皆で騒いでいるのは初めて。

「でも、もしも、この夜の海を一人で見ていたら寂しくなっちゃうかもしれないとかも、わかるでしょう？」

「わかると思います」

喜子さんが、にっこり笑って頷いた。

「もうひとつ。私みたいなお年寄りは、そうそう、私が八十歳だってお父さんから聞いた？」

「聞きました」

「八十歳の老人は、いつ死んでしまってもおかしくないってことも、何となくわかるでしょう？」

「たぶん、わかります」

うん、って喜子さんが私の頭を撫でた。

「じゃあ、お父さんが、お母さんと離婚しちゃったその理由は、どう？　わかる？」

それは。

喜子さんには、正直に言った方がいいんだって思った。なんにも隠さないで、全部言った方がいいって。それはすぐに思った。

お父さんは、焚《た》き火の向こうで誰かと話している。きっとビールを飲んでる。

「お父さんが話してくれたけれど、話していることはわかったけれど、でも、わからないなって思いました」

「そうよね。わからないわよね」

っていうことは、喜子さんはお父さんがお母さんと別れた理由を知っているんだ。

そうだよね。きっと住むところとか、いろいろお父さんは喜子さんに相談したんだよ。

人生の大先輩で、作家の大先輩なんだもんね。

「寂しいと思った？」

「少し、思いました」

「これからね、喜子さんはおばあちゃんくさいお話をします」

「おばあちゃんくさいお話？」

「そうです。寂しいって思ったってことは、それだけ風花ちゃんの心を豊かにします」

「豊かにする」

そうなの、って喜子さんは自分の胸を、ポンポンって軽く叩いた。

「心って、どこにあるかわかんないわよね。ここに心臓はあるけれど、私たちがよく言う〈心〉って、それとは違うでしょう？　それはわかるかしら？」

「わかります」

心は、あると思う。優しい心や、強い心。

「どこにあるかわからないけれど、心はあるって思える。そしてね、風花ちゃん」

「はい」

「心はね、楽しかったり嬉しかったりするときじゃなくて、寂しかったり辛《つら》かったりしたときに成長するのよ」

「成長」

「大きくなるの。人の身体はある程度大きくなったらそこで止まっちゃう。風花ちゃんはきっとまだまだ大きくなるわよね。私はどんどん小さくなっちゃう。でもね」

喜子さんは、私の胸をそっと触った。

「心は、死ぬまで成長できる。どんどん大きくなれる。心が大きくなると、どんな人になっていくと思う?」

どんな人になるか。

心が大きくなる?

「優しい人になるんですか?」

「そうよ。その通り」

喜子さんが嬉しそうに笑った。

「優しく、強い人になっていく。どうしてかっていうと、風花ちゃんはお父さんとお母さんが離婚して、寂しいって思った。でも今は、何となくだけど、最初の頃より寂しくなくなったような気がしない?」

それは、そうかも。

「そんな気もします」

「そうでしょ？　ということはね、もしも仲の良い友達のお父さんとお母さんが離婚しちゃって、その友達がすごく寂しく思っていたら、寂しい気持ちをわかってあげられるわよね？」

「わかると思う」

「そうしたら、風花ちゃんは、その子に優しくできるでしょう。自分も経験したことだからいろいろと優しくしてあげられる。何もできなくても、考えて気にしてあげられる。それだけ心が大きくなったってこと」

「じゃあ、悲しいとか、えーと、不幸なことを全然経験しなかったら、心が成長しないってことですか？」

うん、って喜子さんは頷いた。

「ちょっと考えてみてくれる？　人がずーっと生きていて、一回も悲しいことや辛いことを経験しないなんてありえると思う？」

そうか。

「思いません」

そうね、って喜子さんは言う。

「もしも、年寄りで、私は一度も悲しさも辛さも経験しなかったという人がいたら、それはその人が元々大きな心を持っていたってことになると思うわ」

どこにいたって、海も空もおんなじ　天水

「旨《うま》いか」

「うまい」

「たくさん食え。たくさん食べて大きくならなきゃ」

中野さんが肉をどんどん皿にのせてくれる。

「でも野菜も食べろよ」

「わかってる」

「キライな野菜とかあるか?」

「あー、ちょっとはあるけど、なんとかなる」

ピーマンがキライだったけど。

「この間、食べれるようになった」

「へー、どうやって食べられるようになった？」

「お父さんに、チャーハン作ってもらった」

ピーマンをものすごく細かく全然わかんないぐらいにみじん切りにしちゃって、チャーハンに混ぜて食べたら全然平気だった。

「旨かったのか」

「うまかった」

「お父さんすごいな」

「すごくはないよ。初めて食べたから美味しかったのかも」

「はじめて？」

中野さんが、うん？　って顔をした。

「チャーハンを初めて食べたのか？」

「ちがうちがう。お父さんの作ったチャーハンを初めて食べた」

あぁ、って中野さんが言って、笑って頷いた。

「そうか。じゃあ良かったな。お父さんの手作りのご飯をたくさん食べられて」

「えー」

良かったかな。

「お母さんの作るご飯の方が旨いか？」

「どうかな。まだわかんない」

「わかんないか」

中野さんが、笑った。それからチラッとお父さんの方を見た。

「あのな」

「うん」

中野さんが椅子をちょっと動かして近づいてから言った。

「オレもな、小さいときにお父さんとお母さんが離婚したんだ」

「そうなの？」

そうなのさ、って頷いた。

「どうだった？」

訊いてみたら、中野さんはニヤッと笑った。

「どうだったって、何がだ？」

「イヤなことなかった？」

「イヤなことは、別に離婚しなくたって人生にはたくさんあるぞ。人生ってわかるか？」

「わからないけど、わかる」

言葉は知ってる。

「ずっと生きてく毎日でしょ？　それが人生でしょ？」

「そうだ。毎日が人生だ。どんな人の人生にも、イヤなこともあれば良いこともある。それは変わんない」

「そっか」

「そうさ。つまりだな」

「うん」

「離婚したとか、そういうことを気にしたってしょうがないってことだ」

「しょうがないの？」

しょうがないんだ、って中野さんが言った。

「親のやることに子供はついていくしかないからな。どうしてだと思う?」

「なにが?」

それは、わかる。

「どうしてついていくしかないのかわかるか?」

「ついていかないと、家もないしお金もないし学校にも行けない」

「その通りだ。子供は一人じゃ生きていけないからな。大きくなって大人になって一人で生きていけるようになるまでついていくしかないんだ。だからさ」

「うん」

「天水くんは、ただ、お父さんとお母さんが離れて暮らしているだけで、ちょっと不便だけどしょうがないやって思っていればいいんだ。お父さんもお母さんも優しいだろう?」

「コワイときもあるけどね」

「それは、天水くんが悪いことをしたときだろ」

「そうかも」

そうだね。

「リコンしたから、良いこともあったよ」

「おお、何だ」

「こうやってバーベキューできた。初めてだもん」

中野さんが、ニヤッと笑って僕の頭をぽんぽんと叩いた。

「そうだ。オレたちとも、もう友達だからな。いつでもバーベキューができるし海で遊べるし。良いことがあったよな」

ホントにそう思ったよ。

「お父さんが言ってた」

「何だ」

「海はどこでも繋《つな》がってるって。空も。だから、離れて暮らしていても、同じ海を見ているし、同じ空の下にいるって」

中野さんが、眼を大きく丸くして、うんうん、って頷いた。

「さすが小説家のお父さんだ。その通りだ」

真実　風花

「喜子さんは、いつから小説を書いているんですか?」

「私は、そうね」

ちょっと考えた。

「物語を書き始めたのは、子供の頃からよ。小説家と言えるようになったのは、三十を過ぎてからね。つまり、お金を貰えるようになったのはってことね」

三十を過ぎてから。

「結婚してからですか?」

「私は、結婚はしていないの」

「すみません」

あらぁ、って喜子さんは笑った。

「謝ることはないわよ。結婚という形は取らなかったけれど、ちゃんと一緒《いっしょ》に人生を歩いてくれた人はいたから大丈夫よ」

そうなんだ。

「その辺は、まだちょっとわからない、難しい話になるかもしれないわね。単純に、結婚届っていうものを役所に出さなかったというだけよ」

「どうしてですか」

「聞きたい？」

喜子さんが、ちょっと首を傾げた。

「教えてくれるのなら。イヤならいいです」

「嫌じゃないわよ」

うん、って喜子さんは小さく頷いた。

「人を好きになる気持ちはわかるわね。風花ちゃんには、お友達に好きな男の子はいる？　普通の友達よりもずっと気になる男の子」

そうか、失敗したって思っちゃった。そういう話になっちゃうんだ。どうしようかって思ったけど、喜子さんみたいなおばあちゃんにウソをついてもダメなんだって思った。

「います」

喜子さんが、にっこり笑った。

「もう少し大きくなると、その男の子とずっと一緒にいたいって思うの。毎日毎日、朝も昼も夜も一緒にいて、毎日笑いあって過ごしたいって。そういう気持ちになったことはある？」

「ちょっとだけ、あります」

「素晴らしいことよ。その気持ちを恥ずかしがったりしないでね」

「はい」

「でも、今はまだ無理ってわかるわよね。子供同士で一緒に暮らしたりはできない」

もちろん、わかってる。そんなことはできない。

「学校で習いました。法律で男の人は十八歳、女の人は十六歳になるまで結婚できないって」

「あら」

喜子さんは眼を丸くした。

「もうそんなことを習うのね。良いことだわ。でも、それは法律ね。国が定めた決まりの話。今は結婚できない。でも、結婚しなくたって大人になれば一緒に暮らすことはできるわ」

「できますね」

はい、って喜子さんは言いながら頷いた。

「ここから先は、大人にならなきゃわかりません。その気持ちと、一緒に生きることは別の問題なんです」

別の問題。

喜子さんは、そうなのよ、って私を見た。

「大人になったらわかる、って言われたことはない？　お母さんやお父さんに」

「あります」

「それはね、本当のことなの。真実」

真実って、言葉は知ってるけど、意味はよくわからない。あ、違うかな。意味はわかるけど。

「本当のこと、と、真実って同じ意味なんですか？」

「あらぁ」

喜子さんが笑いながら、おでこに手を当てた。

「ものすごく難しいことを訊かれちゃったなぁ。どうしましょう」

「難しいんですか？」

「自分で言っておいて何だけどね。それを説明するのはとても難しいわ。そこを突っ込まれるとは思わなかったわね」

「じゃあ、いいですけど」

よくはないわ、って喜子さんが少し真面目な顔をした。

「子供の疑問に、わからないまでも、ちゃんと自分で考えられるように答えるのは、大人の義務《ぎむ》ですからね。いいですか？」

「はい」

「こんがらがるかもしれないけど、ちゃんと聞いてね。風花ちゃんのお父さんとお母さんは離婚しました。これは、本当のことですね？」

そう、だね。本当のことだ。ウソじゃない。

「本当のことです」

「はい、その通りです。その本当のことは、事実、とも言いますね。その言葉は知ってるかしら？」

「知ってるけど、あまり使ったことはないです」

「そうね。私たち大人も、普通の生活の中ではそんなに使わないわね。でも、本当のことイコール事実です。間違いありません。ちょっと言い方を変えただけです。じゃあね、風花ちゃんのお父さんとお母さんが離婚したのは、真実ですか？」

「えーと」

真実っていうのは、ウソじゃないってことだから。

「真実です」

「じゃあ、二人は嫌いになったから、お互いにもう顔も見たくないって思っているのね？」

「あ、それは違う。違います」

二人ともそんなことは言ってないし、思ってない。

「お父さんもお母さんも、キライになったから別れたんじゃないって思います。そう言ってます」

「でも、結婚したのに、離婚したっていうのは普通はそうなのよ。嫌いになったから、もう一緒にいられないから別れるのよ。違うかしら？」

「や、それは違わないけど、でもお父さんとお母さんは違います」

あれ？　なにを言ってるのかわからなくなっちゃった。混乱しちゃった。喜子さんを見たら、にっこり笑った。

「そうよ。それが、真実」

「え？」

「事実と真実は、同じようでいて違う場合があるの。事実は、ただ起こったことだけ。離婚という事実はそこにあるの。でも、離婚の原因は人それぞれよね。それが、真実。本当のこと」

本当だ。こんがらがるけど、今のはわかった。

「事実の向こう側にあるのが、真実なんですか？」

パン！　って、喜子さんが手を叩いてすっごく驚いた顔をして笑った。

「凄《すご》いわ風花ちゃん。その通りよ。よくわかったわね」

ほめられちゃった。そんなすごくはないと思うけど。

「その通りよ。事実の向こう側、その奥にあるものが真実なの。もちろん、単純に事実と真実がまったく同じ場合もあるけれど、事実と真実の意味合いが違ってくる場合だってあるの」

「難しいんですね」

「そうなの。難しいのよ。しかもね、風花ちゃん」

「はい」

「真実をきちんと感じ取れるかどうかは人によっても違うのよ。事実ですら、同じ角度で見られない場合もある。風花ちゃん、野球は観る？」

「お父さんが観ていたときに、一緒に観てました」

「じゃあ、ホームベースに三塁《るい》ランナーが突っ込んできて、タッチしてセーフかアウトか揉《も》める場合があるのは、わかる？」

「わかります！　クロスプレーですよね！」

喜子さんも野球好きなんだ。

「ああいうプレーは、見る角度によってアウトとセーフが引っ繰り返ってしまう場合があるわよね。それと同じ。事実はひとつのはずなのに、違ってくる場合がある。だから、世の中はいろいろ起こるのよ。皆が同じ事実を見つめて、同じ真実に気づいていたら平和なのに」

「いろんな争いが起こるんですね」

そうなのよ、って喜子さんが少し悲しそうな顔をして、溜息《ためいき》をついた。

平和　風花

「争いは、起こってしまうの。それは人間が生きている限り、避けられないものなの。争いがなくなってしまえば、それはとても平和なことで良いことなんだけれどもね。でもね、風花ちゃん」

「はい」

喜子さんは、とても難しい顔をした。

「争いがなくなってしまうということは、ひょっとしたら人間にとってはいちばん不幸なことなのかもしれないのよ」

「え？」

どうして？　って思った。争いがなくなったら、つまりケンカがなくなったらそれはとってもいいことのはずなのに。

「どうして、不幸なことなんですか？」

「またまたとても難しい話になっちゃうわぁ。困ったわね。風花ちゃんはとても頭が良いからどんどんこんな話になっちゃうわ」

喜子さんが少し笑いながら言った。

「私、そんなに頭は良くないですよ」

ううん、って喜子さんが頭を振った。

「学校のお勉強の話じゃないわ。そういう頭の良さじゃなくて、自分でちゃんと考えられる頭の良さ。大人にもね、全然まるっきり自分で考えられない人がいるのよ」

「そうなんですか」

「そうなのよ。だから法律があって警察とかがいるのよ。悪いことと善《よ》いことの区別もつかない、自分で判断できない人がたくさんいるからよ」

そうか。そういうことか。今まで考えたことなかったけど、法律とかは、自分で悪いことがわかんない人がたくさんいるから作られたものなのか。

「じゃあ」

急に思いついちゃった。

「学校の規則とかも、子供でまだわかんない子がたくさんいるから、そういう子に教えるために作られたものなんですね？」

「そういうことよ」

うんうん、って喜子さんが嬉しそうに笑って頷いた。

「子供は皆、小学校中学校を必ず出なきゃならないのは知ってるわね？」

「知ってます。義務教育です」

「そうそう。でもね、それは子供の義務じゃないの。親の義務なの」

「親の義務？」

そうよ、って喜子さんがお父さんをちらっと見た。

「子供を作った大人は、自分の子供に必ず小学校と中学校を卒業させなきゃならないの。それは、国で定められた義務なの。どうしてそんな義務を作ったかというと、子供に生きる力を与えるためよ」

「生きる力？」

「言葉を覚える、計算を覚える、どんな世界があるかを知る、今までどんな出来事があったかを知る、生き物はどう生きているかを知る。風花ちゃんや天水くんが学校で習うのはそういうことでしょう？」

　ちょっと考えてみたら、確かにそうだった。

「そうですね」

「それは、この社会で生きていくための基本的な力なのよ。実は風花ちゃんは中学校を卒業したら、一人でもこの社会で生きていけるの。今だって風花ちゃんはこうやっておばあちゃんの私とちゃんと、お話しできるでしょう？　もしもよ、夏休みの間、私の家に来て、私のお手伝いをして、ってお願いしたら、風花ちゃんはできるでしょう？」

「どんなお手伝いですか？」

「家のお掃除、お買い物、お料理、そして私と話をすること。そういうこと」

　それなら、できる。

「できます！」

喜子さんが、大きくにんまりと笑った。

「それが、お仕事。お仕事をしたら、お金が貰える。そして風花ちゃんはそのお金で好きなものが買える。つまりアルバイトね。お掃除も、買い物の計算も、人とちゃんとお話しすることも、学校で習ったことでしょう？」

そうだ。全部学校で習ったことだ。

「もう、風花ちゃんは生きる力の半分を持っているの。学校って、そういうことを学ぶための場なのよ。だから、親の義務なの。親は子供に生きていく力を与えなきゃならない。いずれ独り立ちするためにね」

そうだったのか。なんか、いろいろわかっちゃった。

「じゃあ、高校とか、大学とかは？」

「それは義務教育じゃないわね。自由に選べるもの。たとえばだけど、風花ちゃんは棋士《きし》というお仕事を知ってる？」

きし？

「わかんないです。あの馬に乗って戦う騎士《きし》ですか？」

「それじゃなくて、将棋《しょうぎ》や囲碁《いご》のプロの人たちのことを、棋士というのよ」

「あ、知ってます！」

マンガにもあるやつだ。

「読んだことあります。マンガで」

「そうね、そういう棋士の中には中学生でプロになって、高校に行かないでそのまま社会人として働いている人がいるのよ。つまり、自分でお金を稼《かせ》げる力を持っているのなら、高校とか大学は行かなくてもいい。でも、そんな才能を持った人は滅多《めった》にいない。だから、皆は高校とか大学に行って、自分の〈将来〉を考えながら勉強する」

「将来を」

「そうよ」

学校は、全部そうなのよ、って喜子さんは言った。

「自分の将来を考えるために、学校というものはあるの。それが本来の役割なのよ。学校というのは」

みんな、お父さんもお母さんもそうだったんだろうか。っていうか、いつぐらいにそれに気づいたんだろう。

学校は、自分の将来を考えるためにあるんだって。

「話がズレていっちゃったわね」

「えーと」

そうだった。別に学校の話をしていたわけじゃないんだった。

「争いがなくなったらいいのに、でも不幸かもしれないって言ってました」

そうそう、って喜子さんが言った。

「それはどうしてかって言うとね。それぞれ個人個人は、違う人だから、いろんな考え方を持っていてあたりまえなの。それは、わかるわね？」

「わかります」

全員が違う人なんだから、同じ考え方の人ばかりじゃない。

「そうですよね」

「その通り。それが、あたりまえで、正しいことなの。人間という生き物はそうじゃなきゃならないの。でもね、風花ちゃん」

「はい」

「違う考えを持っていてあたりまえってことは、喧嘩することもあたりまえってことなのよ。そうでしょう？」

　そうか。

「そうですね」

「でも、違う考えだからって喧嘩だけしていたら、何も決められないし、生きてもいけない。だから人は話し合って、問題を解決して、一緒に生きていこうとするの。それが、人間という生き物なの」

「だから、ケンカもなにもしない。つまり、争いがなくなるってことは、みんながまったく同じ考え方をしてしまうからだってことですか？」

　ぽん、って喜子さんが手を叩いた。

「そうなの！　やっぱり風花ちゃんは頭が良いわ」

　なんか、そんなに褒《ほ》められると照れる。

「全員が違ってあたりまえなのに、皆がまったく同じ考え方をするってことは、個性がまったくなくなるってことよね。それは、とても怖いこと。ありえないこと。誰か一人が右へ行け！　って言って全員が右だ！　って右へ進むとするわね、もしその方向へ進むのが間違いだったら、怖いでしょう？」

それは、怖いかもしれない。

「もし右に崖があったらみんな死んじゃう」

「そうなの。だから、もしも、争いがまったくなくなった世界っていうのは人間がいなくなった世界のことなのかもしれない。人間というものが今のまま存在し続けるのなら、決して争いはなくならないのかもしれない」

争いのない世界は、ない。人間だから、争いが起きる。

「じゃあ、争いは起こってしまうけど、それが大きくならないように話し合うのが、いちばんいいってことですか？」

うん、って喜子さんが大きく頷いた。

「それが、今の人間の世の中のベストね。百年、二百年後はわからないけれど、少なくとも、人が人である以上は、争いの種は必ずあるもの。風花ちゃんが言ったことは、真実よ。種が大きく育たないように、人は話し合う、勉強し合う、お互いをよく知ろうとする。それが、いちばんなの」

友達はずっと友達なのが友達だ

天水

「中野さんはずっとここにいるの？」

「ここって、この町にってことか？」

「そう」

うーん、どうかなぁ、って中野さんは少し考えた。

「今は、ずっとここにいる。お店があるからな。でも、もしも、何か他の仕事がしたくなって、どこかの町に行かなきゃならないってなったら、離れるな」

「そっか」

「どうしてだ？」

や、だって。

「僕はずっとここにいないし、いつまた来るかもわかんないし、そうなったらせっかく友達になってもさ」

あぁ、って中野さんは笑った。

「そういうことか。それは大丈夫だ」

「なにが大丈夫？」

「どこに行っても、何があっても、俺と天水くんは友達のままだ」

「どうして？」

どうしてかぁ、って中野さんは少し背中を伸ばして腕を組んで、空を見上げた。僕も見上げたら、すっごく星がきれいだった。

星がきれいに見えるのは、すっごくいいと思う。

「転校した仲の良い友達でもいるのか？」

中野さんが訊いたから、ちょっとびっくりした。

「そう。なんでわかったの？」

「それは、俺が大人だからだ」

「大人だとわかるの？」

わかるぞ、って中野さんは言いながら、薪をくべた。

「たくさん、いろんなことを経験してるからな。その経験の中には天水くんが今まで経験したのと同じようなことがたくさんあるから、わかるんだ」

そうか。お父さんもそんなふうに言ってたっけ。

「転校しちゃって、会えなくなって、友達じゃなくなっちゃったと思ったか？」

「や、そうは思わないけど、でもずっと会えなかったら忘れちゃうかなって」

そうだなぁ、って中野さんは言う。

「まず、お父さんと俺は、もう一生友達なんだ。どうしてかというと、俺は岬さんが好きだし、岬さんも俺が好きだからだ。だから、どこかへ引っ越しちゃってもずっと友達のままでいられる。そして、天水くんは岬さんがいちばん大切にしている息子だから、俺も天水くんを大切にしようと思ってる」

「だから、友達のまま？」

「そうだ。その気持ちはずっと消えない」

「気持ち」

「好きって思ったら、その気持ちはずっと消えないんだ。もしも、ちょっと忘れちゃったりしても、また会ったときにその気持ちを思い出す。それが友達ってもんだ」

「思い出すんだ」

「そうだぞ。好きになった気持ちは、ずっと、一生、どんなに離れても消えないんだ。もしも、このまま会わないまんま天水くんが大きくなって、たとえばアメリカとかに行っちゃって、二十年後とかに会って天水くんが俺のことを忘れてても、俺は覚えている。そして、会えたら嬉しくなるんだ。『大きくなったな！』って笑いながら天水くんの肩を叩くんだ。だから、友達のままだ」

そうなのか。大人の中野さんが言うんだから、きっとそうなんだな。中野さんは、うん、って頷いた。

「ちょっと、難しい話になるけどな」

「うん」

「俺は、中学校のときの仲間が大好きなんだ」

「中学校」

「いちばん仲の良かったクラスなんだ。そのときの仲間は今ももちろん友達だ。俺も実はこっちに引っ越してきた人間だし、今は皆バラバラになっちゃっていてなかなか会えないんだけどな。それはわかるよな」

「わかるね」

「でも、俺は、そのときの仲間に会ったときに、胸を張って会えるようにずっと生きていこうって思ってるんだ。だから、絶対に悪いことはしない。そしてカッコいい男になろうって思ってる」

「カッコいい男?」

「だって、仲間には女の子もいるからな。まぁ今は皆おばさんだし、結婚とかもしてるけど、会ったときに『中野くん、いつまでもカッコいいわね』って言われたらめっちゃ嬉しいだろう?」

ちょっと考えた。カッコいいか。あんまり考えたことなかったけど。

「めっちゃモテるってことか」

「そうだ。モテるっていうのはさ、そりゃあジャニーズみたいに見た目がカッコいいっていうのもあるけどな。中身の問題もあるんだ。テレビのヒーローはカッコいいだろ?」

「カッコいいね」

「あれは、平和を守るために戦っているからカッコいいんだ。見た目の問題だけじゃない。そうやって頑張って生きることが大事なんだ」

「ヒーローになりたいの？」

そう訊いたら、中野さんは笑った。

「そうだな。俺は仲間のヒーローでいたいんだ。苦しいときには助けに行く。悲しいときに慰《なぐさ》めに行く。そうやって生きて、いつまでも仲間と仲良くしていきたいんだ。そうやって生きるって決めてるんだよ」

混ざり合う感情　　恵里佳

二人が帰ってくる前に、一度様子を見に行く約束を風花としていた。

風花は、きっと私には似ていないって思うんだ。

顔はどんどん私に似てきているんだけど、性格は、どっちかというと博明さんに似ているのかもしれない。

娘と息子なんて、理想的って言われたことがある。

自分ではそんなことは考えなかったけれど、女の子と男の子、両方のお母さんになれたのはとても嬉しかった。ここまで大きくなった二人の今までのことを思い出すと、やっぱり男と女は子供の頃から全然違うんだなぁ、って理解できたのは、よかったと思う。改めて、自分が女である意味なんかを考えたりもできた。

そう、親は子供と一緒に親として成長していくんだってことも、本当に、実感している。

まだ、二人がどんなふうに成長してどんな大人になるかわからないけれども、何となくだけど、風花とはべったりの親子にはならないような気がしている。

むしろ、天水がちょっとマザコンに育つかもしれない。あの子は博明さんよりも私にずっと甘えてくるから。それもまずいと思うから気をつけようと考えているけれど。

風花は、きっとすぐに大人になる。大人っぽい考え方をする子供になる。だから、独立心も旺盛《おうせい》になると思う。

中学や、高校に入ったらすぐに「留学したい」とか言い出すかもしれない。そうしてさっさと家を出ていってしまって、自分の足でしっかりと立って生活して、ときどき私のところに帰ってきて話すだけ話したら「それじゃ！」って言って笑顔で去っていく。

そんな女の子になりそうな気がする。

利口な子だから、離婚があの子の心に影を落とさないようにしなきゃならないって思って、しばらくの間は風花が言い出したことにはきちんと対応するようにしているの。

だから、顔を出す。

その気になれば日帰りだってできる。でも、たぶん一泊してくることになる。土日掛けて行くんだから日帰りする方が変だ。天水だって、きっと泊まっていこうって言う。

そのために荷物を準備しながら、溜息をついた自分に少し驚いた。今の溜息は、明らかにブルーになっているときの溜息。

気が進まないときの溜息。

博明さんに会いたくないわけじゃない。どっちかといえば、会いたい。会えば、抱きついてしまいそうな気がする。

あ、違うかな。そんなことは、ない。ちょっと妄想し過ぎ。

お互いに微妙《びみょう》な笑顔を浮かべて、「元気そうね」ぐらいで済ませる。それが、普通。

でも、もしも、子供たちが寝静まったところで身体が触れ合ってしまったら、思わず抱きついてしまいそうな、そういう気持ちを簡単に想像できるぐらいには、博明さんのことが好きなんだ。

夫だもの。

愛して、結婚して、子供を産んだ。

そういう人。

でも、離婚をして一人で暮らすことを選んだ我儘な人。

別れて暮らす毎日には慣れたけれども、改めて会うことに慣れていない。そもそも、あの人が出て行ってから、電話では何度も何度も話しているけれど、一度も顔を合わせていない。

会ったときに、自分がどんな顔をしてしまうのか、全然わからないし、コントロールできる自信もない。

まぁ、風花と天水がいるから大丈夫だとは思うんだけど。

感情って、一言で〈感情〉なんて言うけど、絶対にそんな一言で済ませられるような簡単なものじゃない。寂しいと辛いは必ず一緒にやってくるわけではない。寂しいけど楽しいってこともあるはずだし、楽しいけど悲しいってことだってあるはず。色は、黄色と青を混ぜるときれいな緑色になる。それと同じように楽しいと悲しいが混じり合って〈○○しい〉って感情になるんじゃないかな。

「そういう表現は」

ないのか。私は博明さんみたいに小説をたくさん読まないから、難しい言葉を知っているわけじゃない。

きっと今の私たちは、私と博明さんは、同じ思いを共有している。

そういう意味では、一緒に暮らしていたときよりずっと近しい感情を抱《いだ》いているのかもしれない。

寂しいけど、嬉しい。

悲しいけど、楽しい。

そんなような思いを、同じ思いを抱いているはず。

「そうか」

それって、結局。

「似た者夫婦だったってことかしら」

お母さんが様子を見に来た日　天水

「いらっしゃい」

「素敵な家ね！」

「だろう？　これは掘り出し物だっていったのは間違いないだろう？」

「本当。すごい」

お母さんが、なんだかすっごく嬉しそうにして、ニコニコしながら家の中を歩き回っていた。前の夜に、風花ちゃんと話したんだ。お母さん、どんなふうに来るのかなって。だって、お父さんと会うのは離婚してからすっごい久しぶりだったんだ。だから、二人がどんなふうになるのかなってちょっと心配したりもしたんだ。

駅まで迎えに行くって言ったのに、お母さんはバスに乗って一人で行くからいいって。これから何度も来るかもしれないんだから、道順を覚えるって。それで、風花ちゃんとお父さんと三人で家で待っていた。

そうしたら、お母さんが来たのが見えたらもうすっごいニコニコして嬉しそうにして。

「築《ちく》何年かわからないのね?」

「正確にはね。たぶん戦後すぐって話なんだけど」

この家の話ばかりお父さんとしていた。そして、あちこちを見て回ってる。僕と風花ちゃんは居間で黙って待っていたんだけど。

「お母さんってさ」

風花ちゃんに言った。

「なに?」

「家が好きだったんだね」

「家じゃなくて、建築物《けんちくぶつ》ね」

「ケンチクブツ」

「仕事してるでしょ？　図面を描く」

「うん」

「図面を引いて、それで建物ができあがるんだよ。つまり、お母さんは建物が好きで好きで、好きだからそういう仕事をやってるんだよ」

「そうなんだね」

全然知らなかった。や、図面を描く仕事をしてるのは知ってたし、家でもパソコン使ってやったりしてるけど。

そうか、家とか建築物が好きな人は、こういうボロボロの家を見てもああなるんだ。

「天水だってさ、もしここにいろんなゲーム機が全部置いてあったら、ソフトもたくさんあったら『なにこれ！』って全部一応見て、やってみたくなるでしょ？」

「なるね」

「それと同じだよ」

「そうか」

本当に、全然知らなかった。お母さんは、お母さんで。前はずっと家にいてご飯を作っていて、今は仕事に行って帰ってきてまたご飯を作ってくれて。

そうか、お母さんは、家とか建築物を見るのが好きだったのか。そういえば、ずっと前に東京駅に行ったときになんかずっとうろうろしていた。天井《てんじょう》とか見ていた。あれもそうだったのかな。

「風花ちゃん」

「なに」

「知らないことをさ、わかるってのはさ、良いことでしょ」

「そうだね。知らないより知っている方が良いね」

「じゃあ、リコンして良かったのかもね」

「なんで」

「だって、お母さんがこういうのが好きだってわかった」

風花ちゃんが、ちょっと考えるみたいに首を傾けて、うーん、って唸った。

「まぁ、それで離婚が良かったって言うのは問題あるけど、言いたいことはわかる」

「良くない？」

風花ちゃんが笑った。

「良いことかもね」

「良いことだよ」

だって、今度お母さんとどこかへ行ったときに、お母さんの好きなケンチクブツを一緒に見に行ってあげられる。

「でしょ？」

「そうだね」

それは、良いことだねって、風花ちゃんがちょっと笑った。

笑顔　風花

お母さんが泊まっていくので、晩ご飯のお買い物に市場に行こうってなって、みんなで歩き出した。市場へは、歩いて十分ぐらい。

「歩いて行けるところに市場があるのはいいわね」

お母さんがお父さんに言うと、お父さんは頷いた。

「まぁ一人でいるとそんなに利用はしないんだけどな」

「そうなの？」

「貰いものでなんとかなるって」

私が教えてあげると、お母さんはちょっと眼を丸くしてお父さんに言った。

「そんなに貰えるの？」

「だって、一人分だよ。魚一匹、野菜一束《ひとたば》貰ったらもうそれで充分だろう。下手《へた》すると二日持つ」

ここに来て、友達がたくさんできたお父さんのところには、毎日誰かが来るんだって。今は私と天水がいるから毎日は来ないけどね。

「あのね、必ず魚を釣って持ってくるのはね、東条《とうじょう》さんだよ」

「とうじょうさん？」

「おじいちゃんだよ！」

天水が言った。

「昔は漁師だったんだって。今も毎日舟を出して、自分の食べる分だけその辺で釣ってくるの。そのおすそわけだって」

「そうなんだ」

「そして野菜はね、誰だっけ？」

天水が私に訊くので、言った。

「山本《やまもと》さん。お父さんの家から山の方にちょっと行ったところの家」

「農家さんなの？」

「違うよ。家庭菜園。たくさんできるから、いつも周りの人にあげてるんだって。お父さんもその一人」

お母さんはちょっと笑って、お父さんを見た。

「不自由しないのね」

「まったくだよ」

そんなつもりはなかったけど、みんなが助けてくれるんだってお父さんが言った。

「全部、蒲原さんのお蔭だよ」

「そう」

お母さんが頷いた。あれ？

「お母さん、蒲原さん知ってるの？」

うん、って頷いた。

「知ってるわよ。毎年年賀状をやりとりしていたし」

そうだったのか。

「知らないのかと思ってた」

「どうして？」

「だって、私は知らなかったし」

そうか、ってお母さんは言う。そして、私の顔を見てちょっと笑った。

「お父さんやお母さんには、あなたたちの知らない友達や知り合いがたくさんいるのよ」

「うん」

それはわかったけど。

「だって、風花の友達にだって、お母さんの知らない子はいるでしょう？」

「いないと思うよ」

「いるわよ。ちょっと前に一緒に遊んでいた三組の子、お母さんは知らなかった」

あ、そうか。夏生《なつき》ちゃんは知らないか。

「お父さんやお母さんは、お前より二十何年も長く生きているんだ。天水、一年は何日だ？」

「三百六十五日」

「十年は何日だ？」

「えーと」

天水が少し考えた。

「三千六百五十日」

「その通り。その倍の二十年は、七千三百日だ。つまり、お前たちよりも七千三百回以上もたくさんの人に出会って友達になれる日があったってことだ。それだけたくさん友達もできる」

「スゴイね」

天水が言った。

「そんなに友達できたら、覚え切れないね」

みんなで笑った。

「毎日友達できるはずないでしょ」

「できたら、楽しいだろうけどな。でもな、天水」

お父さんが天水の頭をぽんぽんって叩いた。

「友達はたくさんできるけれど、そんなにたくさん毎日を過ごしていると、会わなくなってそのままの友達もたくさんいる。ずっと会い続けている友達もいる。いろいろなんだ」

「お父さんとお母さんも昔は友達だった？」

天水が訊いたら、お父さんとお母さんはちょっと驚いた顔をして、それから二人で笑った。

「そうだな」

「そうね」

二人で一緒に言って、また笑った。

「友達だったし、今も友達だ」

「えー、今はリコンした夫婦でしょ」

天水が言ったら、うーん、ってお父さんは唸った。

「離婚した夫婦だけど、二人が友達として過ごした昔は、その頃の思い出は消えないからな。ずっと残っている。だから、友達でもあるんだぞ」

「バージョンアップ？」

天水が言った。

「なに？」

お母さんが訊いた。

「友達がバージョンアップして、夫婦になった？」

今度は私も笑っちゃった。お父さんもお母さんも大笑いした。

「そうだな。バージョンアップしたんだ」

別れても同じことの繰り返し　恵里佳

いくら言っても止《や》めてくれなかった煙草。もちろん、子供たちの前では吸わなかったし、家でも自分の書斎《しょさい》でしか吸わなかった。

それでも健康に悪いのは明らかなんだから止めてほしかったのだけど、何を言っても無駄《むだ》なんだなって思ったから言うこともなくなった。

でも、こうやって、古い家の台所の小さなテーブルに座って、小さな窓から流れてくる夏の夜風に吹かれて吸っているのを見ると、似合っている。

煙草を吸う理由なんてそんなものだって誰かがどこかで書いていたような気がするけど、本当にそうかもしれない。

「煙草」

「うん？」

「初めて煙草を吸ったのはいつなの？」

ちょっと眼を丸くした。

「話してなかったっけ」

「聞いてないような気がする」

「小学校の三年生かな」

「そんなに早く!?」

笑った。

「じいちゃんが吸っていたんだよ」

「あぁ」

お祖父様《じい》。私たちが結婚する頃にはもう病院通いをしていて、式には出ることができたのだけど、それからすぐに亡くなられた優しい笑顔のお祖父様。

「優しい人でしたよね」

「そうだな」

「恵里佳ちゃん、って、いつも呼んでくれたのよ」

小さく笑った。

「じいちゃんはね、あれで若い頃は随分女遊びをしたらしいよ」

「そうなの？」

そんなふうには見えなかったけど。

「ばあちゃんが言ってたから間違いない。何でも三人ぐらいの女が同時に家に押し掛けてきてとんでもない騒ぎになったとか」

「えー、聞いてない。そんなに？」

「そのせいで親父《おやじ》が堅物《かたぶつ》になったんだって言ってたけどね」

親父。お義父《とう》様。

普段は、おじいちゃんおばあちゃんって呼んでしまう。子供たちがいると、私たちの親はおじいちゃんとおばあちゃん。

でも、私たちのおじいちゃんおばあちゃんはちゃんといて、孫である私たちに向けてくれたその優しい眼差《まなざ》しも声もよく覚えている。

「何だっけ」

「煙草」

「あぁ、そう。親父は吸ってなかったけど、じいちゃんが吸っていてね。好奇心だよ。誰もいないのをいいことに、こっそり吸ってみた」

「どうだったの？」

そりゃあもう、って博明さんは渋い顔をした。

「ひどい目にあったよ。むせるわ気分が悪くなるわ吐きそうになるわでね。でも、具合が悪いって言ったら煙草を吸ったことがバレるかと思って、必死に隠《かく》していた」

「その後は？」

「その後？」

「本格的に吸うようになったのは」

「大学に入ってからだよ」

　一人暮らしを始めてから、何となく、って言った。

「その、何となく、って何なのかしらね」

　うーん、って唸った。唸って、また煙草の煙を吐く。

「たぶん、寂しかったんだろうな」

「寂しいの？」

「一人の部屋がさ、何かこうスースーしていて、確か同じ大学の何人かが遊びに来ていて、誰かが煙草を吸ったんだよ。その煙が部屋を漂《ただよ》うのが、何かこう、いい感じで」

「それで吸い始めたの」

「言葉にすると、そうなっちゃうかな」

　風花と天水はもう寝ている。子供の寝息は本当に甘い睡眠薬のようで、一緒にいるとあっという間にこっちも寝入ってしまいそうになる。久しぶりに差し向かいだけど、慣れない家で、そして本当に雰囲気の良い古屋《ふるや》のせいで、何か映画のセットに入り込んだような気持ちになっているのがわかる。

「何か、形になった？」

少し、意地悪な質問。言葉足らずだけど、博明さんはすぐに苦笑した。

「形と言えば、なったかな」

「本当に？」

「嘘はつかない。来月出る本に短編が載る」

驚いてしまった。これは本当に。

すっごく意地悪な見方だけど、このまま博明さんは何ひとつ形にならないまま終わってしまうんじゃないかって思っていたから。

だって。

「もう何年も載らなかったのに」

「五年な」

そう、五年間、何作も書いたのに一度も載らなかった。書いても書いても、ＯＫが出なかったと言っていたのに。

「それって、やっぱり別れたから良かったの？」

これは、皮肉とかそういうんじゃなく素直に口から出たんだけど、博明さんは、うーん、って唸ってしまった。

「タイミングとしてそうじゃないかって言われてもしょうがないんだけど、たぶん、スタイルを変えたのが良かったんだ」

「スタイル？」

「具体的な話をするのもあれだけど、要するに今まで書いてきたある傾向のものを捨てたんだね」

「捨てた」

そう、って博明さんは頷いた。

「もっとわかりやすく言えば、今までは和食をやっていたけど、和食の出汁《だし》を使ってイタリアンを作ってみたら思いのほか美味しくできた、みたいな感じかな」

たとえとしてはよくわかるけれども。

「じゃあ」

「どうしてそれを今までしなかったのか、って言いたいよな」

「そう」

また苦笑いする。

「考えたことは何度もある。模索《もさく》する、ってやつだね。離婚がきっかけになったって話になると困るけれど、でも、吹っ切れた部分は確かにあると思う」

それはきっと、覚悟をしたから。

自分一人で書いて生きていくという覚悟を決めて、この人は私と別れた。だから、そういうふうに書くことができた。

「でも」

博明さんが言う。

「自分と別れた方が良かったんだ、とは思わないでくれよ」

「いつまでもうじうじと一人で悩んでいた方が悪いんだって言えって？」

「そうそう」

これは、笑うしかないのかな。でも。

「おあいこかも」

「おあいこ？」

うん、って大きく頷いた。

「私ね」

「うん」

「仕事が楽しいの」

これも、本当のこと。博明さんはちょっと眼を丸くした後に、やっぱり大きく頷いた。

「良かったよ」

「でも、お互い離婚したことで、暮らしぶりに良い結果が出ているなんて子供たちに思われたらどうしよう」

いや、と、小さく呟《つぶや》いた。

「もちろん、きちんと話した方がいいよ。特に風花には」

「何か言ってた？」

博明さんが、ふぅ、と、息と煙の両方を吐いた。

「大人になっていたよ。思っていたよりずっと。だから、天水はともかく、風花には母親より大人の女として話した方がいいと思う」

大人の女。

「たぶん、あの子は僕たちが感じているよりずっと、大人びた感性を持っている子なんだと思う。それは、蒲原さんも驚いていたよ」

「蒲原さんが？」

「この間、ずっと風花と話していたんだ。本当に驚いていたよ。あの子にはものを書かせてみたらいいんじゃないかって言っていた」

「そうなの？」

そんなこと、考えたことも感じたこともなかった。

「あの子、作文苦手よね」

「そういう問題じゃないんだ。書くっていうのは」

「よくそう言うわよね。作家になった人って。作文が苦手だったとか」

そうそう、って笑った。

「結局、型にはめられるのが嫌なんじゃないかな。そういう資質を持っている子は。

それはまぁともかくとして」

「ちゃんと話をするのね。風花には」

「本音で、だ」

「本音」

「大人の小賢《こざか》しい常識《じょうしき》とかそういうのを教えるんじゃなくて、今、君はどんなことを考えて生きているかっていうのを、素直に伝えた方がいいと思う」

たとえば、って続けた。

「自分の家の経済状態とかもだ」

「話しているつもりだけど、何か言っていた？」

「仕事が楽しいって話はしていないだろう？」

していない。

「それは、余計なことかと思っていた。大人の事情だから」

「あくまでも、僕の印象だけど」

ゆっくりと、博明さんは話す。

「あの子は、君の一生懸命さを、真面目さを、マイナスの方に捉《とら》える傾向がある。つまり、努力を辛いものだって思っちゃうんだな」

「あぁ」

そんなふうに言われて、少し腑に落ちた部分がある。

「好きなことなら、努力を努力なんて思わないわよね」

「そうそう。それをマイナスに捉えてしまう傾向があるみたいだ。だから」

「もっと肩の力を抜けって？」

「そういうことだ」

それは、大分以前から博明さんに言われていたこと。博明さん以前に、親からも言われたことがある。

お前は、真面目過ぎるって。もっと気楽に考えろって。

「前にも言ったけど、それは悪いことじゃない」

「でも、何でも過ぎるのはよくないのよね」

「そう」

たとえば、博明さんは平日の休みのときに、風花や天水の学校を休ませてどこかへ連れて行きたがっていた。でも、私はそれはさせたくなかった。学校をずる休みさせるなんてとんでもないって思った。

それは、正しいこと。私は今もそう思っている。親の事情でずる休みなんかさせない。させたくない。

でも、もしも、そうやって休んで遊びに行ってすごく良い思い出ができたとしたら、それは悪いことだろうか？　って博明さんに言われたことがある。良い思い出ができることはとても良いこと。それは、あたりまえ。でも前提条件として学校をサボることは、規則を破ることで、悪いこと。

だから、博明さんのその考え方にはまったく納得はしていない。納得はしていないし、それを真面目過ぎると言われることも少し頭に来る。

そういう些細《ささい》な考え方の違いや、方向性の違いなんて、夫婦になって長い時を過ごしていろんな出来事を経《へ》ていくとたくさん出てくる。

そういうのを全部飲み込んでしまうのが、夫婦を長く続ける秘訣《ひけつ》なんだと思うけれども、でもそれとはまったく別のスタイルで私たちは別れてしまったわけだけど。

「性分《しょうぶん》は変えられないんだけどな」

「変える必要はないさ。ただ子供たちには考える選択肢をたくさん与えようって話だよ」

そういえば、前にもこんな話をしたことがある。どんな場面でだったかは忘れてしまったけれど。

「結局子供の話をするのね」

そう言って、二人で笑ってしまった。

「そういうものじゃないのか。親なんだから」

「そうね」

親になったら、子供を持ったのならば、考えるのは子供の将来のこと。それだけ。

「まぁ、それを放棄《ほうき》した僕に言われたくはないだろうけど」

「放棄したわけじゃないでしょう」

「世間的には放棄したのと同じだ。風花にも言われたよ」

「そんなこと言ったの？」

ほらな、って博明さんは言う。

「驚くだろう？　風花はそこまで考えているんだよ。だから、素直に話すことが必要になるんだと思うんだよ。親としての体裁《ていさい》を整えた意見じゃなくて、男と女としての素直な意見や、感想だ。そういうものが、風花にはもう必要なんだよ。もちろん、そうさせてしまったのは僕だし、それについては謝った」

謝ったんだ。風花に。

「私も、謝った方がいいのかしら。お父さんと離婚しちゃってゴメンって」

「そんなふうに君が思っているんなら、それも含めて素直に話した方がいいと思うな」

素直に。子供たちに。

「本音を晒《さら》すのね」

協力　　風花

お母さんが帰る日。駅まで車で送るって言ったのに、お母さんはバスで帰るって。

それで、私が駅まで送っていくことになった。天水は行かないで、私とお母さんだけ。

お父さんと天水は、車で駅まで行って、私を拾って帰ってくるって。

天水が言い出したんだ。ちょっとびっくりした。どうせならいろいろなパターンを試そうよって言った。

これからもこうやってお父さんの家に来ることがあるんだから、来るときも帰るときもいろいろやってみた方がいいじゃん、って。

お父さんもお母さんも私と同じようにちょっと驚いていた。

驚いて、なるほどな、って頷いて笑ってた。私も納得した。なるほどな、って。

そうか、これが成長ってやつかって。天水はまだ四年生で、四年生ってホントに子供で、でも低学年より身体がおっきいから邪魔になるんだけど。ホントに頭に来ることもあるんだけど。

でも、びっくりした。きっと天水はこの夏休みにすごく成長してると思う。お父さんの家に遊びに来たことで。

それは、お父さんとお母さんが離婚しなかったらなかったことだから、昨日天水が言ってたみたいに、離婚しても良いことがあったのかもしれない。あ、でも離婚しなくてもなにかがあって成長したかもしれないんだから、そうでもないのか。

それは、わからない。

わからないってことがわかって、私も、あ、またひとつ自分も経験したって思った。

良いことなのかも悪いことなのかも、どんなときになにが起こるかなんて、誰にもわからないんだってこと。

お母さんは、来たときと同じ花柄のワンピースを着て、大きなカバンを持って、じゃあね、ってお父さんに手を振った。天水には、ちゃんとお父さんの言うことを聞いてねって。

それで、私と一緒にバス停まで歩き出した。

今日は曇り空。雨はたぶん降らないけど、一日中曇り空って天気予報に出てた。

「でも、何か湿気はないわね」

「そうかな？」

お父さんもお母さんも、大人はよくじめじめしてるとかカラッとしてるとか気にするけど私はそんなに気にならない。

バスが来るまでまだ五分以上ある。

「颪花も天水もすごく陽《ひ》に焼けたね」

「毎日海に行ってるからね。きっと私の人生史上で最高だよ」

そうね、ってお母さんが笑った。

「お父さんもすっごく焼けてるよ。お父さんもきっと人生史上最高の焼け方だと思う。

見たことないもん」

「あぁ、そうね」

お母さんは、普通だった。

普通っていうのは、ひょっとしたらお父さんの家に来て、なんかいつもとは違う様子になるのかなって考えたんだけど、いつもと変わりなかった。お父さんと会話しているところも、普通だった。朝ご飯を食べているときだって、離婚する前の家での朝ご飯のときと同じだった。

違うのは、家が違うってことだけど。

嫌いになって離婚したわけじゃないんだから、そうなんだろうなって思っていたけど。

「ねぇ、風花」

「なに？」

「お母さんね、お父さんに少し怒られた」

「怒られた？　なんで？」

「あ、それは言い過ぎだった。意見をされた」

意見をされた。

「注意されたってこと？」

「そうそう」

「なんて？」

「カッコつけるなって」

「カッコつける」

お母さんがカッコつけてたってこと？

「何をカッコつけたの？」

「風花や天水に」

わからない。

「どんなふうに？」

「それはねー」

お母さんが、うーん、って唸ってからくるっと回って海の方を見たので、私もそうした。曇りの日の海は、鈍色《にびいろ》って言うんだってお父さんが教えてくれた。確かにそんな感じの色だなって思う。

「説明するのは難しいなー」

「簡単にしてみて」

「簡単にしちゃうとね、上手く伝わらないような気がするんだ」

「でもしてみて。気になる」

「うん」

お母さんが、私を見た。

「お母さん、仕事するって決めたときにね、風花にお願いしたよね。いろいろ協力してねって」

「うん」

そう言ってた。私もわかってるって答えた。

協力した。お母さんが帰ってくるのが遅くなったとしたら、天水と二人で晩ご飯をなんか頼んで食べちゃうとか、作ってあるものを食べたら私が洗い物をするとか、天水をお風呂に入れさすとか。

「そこで、カッコつけちゃったかなって」

「なんで？」

「協力じゃなくて、助けてね、って言えば良かったのかもって思ったんだ」

助ける。お母さんを、助ける。

お母さんを助けるのと、協力するのと、なにが違うか？

「どっちでも同じことだよね？」

「そうだね。結果は同じだね。でも、お母さんの気持ちの問題かな」

お母さんに協力するのと、助けるの。やることは同じ。でも、気持ちが違う。

「協力っていうのは、それぞれの力を合わせて頑張るってことだよね」

「そうだね」

「助けるっていうのは、困ってるから力を貸してあげるってことだよね」

「うん」

お母さんが頷いた。

「でも、そういうふうに言葉の意味で考えちゃうと、ちょっと違うかなーって思う。つまりね」

「うん」

「お母さんは、お父さんがいなくなったけど、その分一生懸命頑張るから、凪花にも頑張ってほしいって思ってって言ったの」

それは、わかる。

「でもそれは、ただ風花にやることをやってって押し付けているだけだった。そうじゃなくて、お母さんは困るかもしれないから、風花の力を貸してって、お母さんを助けてって素直に言えば良かったの。そう言えなかったのは、お母さんは母親だからあなたたちを守らなきゃならないって、大人なんだからってカッコつけていたの」

「あー」

そうか。そういうことか。

「それを、お父さんに言われたの？」

「そう」

でも、あんまり関係ないような気もする。

「同じような気がするけど」

「違うんだと思うんだ」

お母さんが言った。

「たぶん、もう少ししたら、風花が大きくなったらその意味の違いに気づくと思う。

お母さんも、気づくと思う。だから、改めて言うね」

「うん」

「お母さん、だいぶ慣れたけど、きっと困ることがたくさん出てくるから助けてね」

「もちろん」

最初から、今までもそのつもりだった。

バスが来た。

負うた子に教えられること　博明

負うた子に教えられる、というのは、正確には〈負うた子に教えられて浅瀬を渡る〉というものだ。背中に子供を背負って川の浅瀬を渡るとき、背負った子供が上から見るので川底の様子が見やすくなってより浅瀬がわかる、という諺《ことわざ》らしい。

つまり、たとえ子供の意見であってもきちんと聞け、ということだ。

今までの人生でも、昔の人は良いことを言うもんだと何度か思ったことがあるけど、今回ほど実感したことはない。

助手席に座る天水に、普段と変わった様子はない。車に乗ってゲームをやると酔《よ》うみたいで、いつも窓の外をぼんやりと眺めている。

「天水」

「なに?」

「訊いていいか」

「なにを?」

「いつ思いついたんだ? バラバラで帰るってこと」

「いつ? いや初めっから」

「初めから?」

うん、と、頷いたのがわかった。

「最初だから風花ちゃんと来たけど、僕一人で来るのも覚えた方がいいなって思ってたよ」

そんなのあたりまえじゃん、って感じで言う。そうか、初めっからか。天水がシートの上で跳《は》ねるように身体の位置を動かした。

「風花ちゃんだって中学校に入ったら、ここに来なくなるかもしれないじゃん。そしたら一人で来るんだからさ」

「そうだな」

確かにそうだ。中学になって、運動部の部活をやれば夏休みでも練習がある。まぁ風花が何かの運動部に入るとはあまり思えないんだが。

「風花ちゃんはさ」

「うん」

「なんかちょっと寂しがってるけどさ、そうでもないからね」

「天水がか？」

「そう」

「寂しくないのか？」

「ゼンゼン」

それはちょっとこっちが寂しい気もするが。天水の横顔をチラッと見る。強がっているのかとも思ったが、いつもの天水だ。普通の顔をしている。

「そりゃあ、お父さんが家にいた方がいいと思うけどさ。でもそんなの言ってもしょうがないし、いつでも会おうと思えば会えるんだし。こうやって知らなかったところで遊べるし。ねぇ！」

「何だ」

「海に中野さんいた！　サーフィンやってた！」

「見えたのか？」

「見えた！　サーフィンやりたいけどさ、できる？」

サーフィンか。

「できるんじゃないかな。でも、その前に泳げるようになった方がいいかな」

「泳げるよ！　あ、でももっとか。プールに通おうかって前にお母さん言ってたよね」

「言ってたな」

「通おうかな。遅くないよね？　今からでも！」

「全然遅くないな。でも、海で泳ぐ練習だってできるだろ。それこそ中野くんに教えてもらえるぞ」

「教えてくれるかな？」

「頼めばな」

　さすがにアラフォーの今からサーフィンを覚えて、天水に教えるのはキツイか。いや、まだ大丈夫か？

「中野くんに訊いてみるよ」

「うん」

　わくわくしてるのがすぐにわかる。身体を動かさずにいられない。別に区別するわけじゃないが、やはり女の子の気持ちより男の子の気持ちの方がよくわかる。わかるというか、そもそも天水ぐらいの男の子は、ほとんど何も考えていない。

　ただ自分の欲望に正直だ。自分がそうだったから、よくわかる。楽しいことだけやりたい、嫌なことはしたくない。

「じゃあ、あれだな。まずは海で泳げるようになって、それからサーフィンだな。そうしたら、毎年の夏、ここにサーフィンをしに来られるだろう」

「来られるね！　お父さんもやれば一緒にできる」

「そうだな。頑張ってみるか」

「頑張ろう！」

サーフボードだって安くはない。中古だってそこそこするだろう。俺も一緒に教えてもらうのなら、いくら中野くんだってタダというわけにはいかない。

お金が掛かる。

だから、稼ぐ。

今までもずっとそうしてきた。子供ができてからは、働くことは子供たちが不自由なく暮らしていけるように稼ぐことだった。それだけだった。決して、楽しいものではなかった。

頬《ほお》が緩《ゆる》む。

今は、楽しい。

天水にサーフボードを買ってやるために稼がなきゃならない。アルバイトでもいいが、できれば原稿料や、遠い目標だが印税で買ってあげられたら、自分が嬉しい。

そのために、書く。

そう自然に、素直に思えることが本当に嬉しい。

自分の選択《せんたく》は間違っていなかったと思える。少なくとも、今の時点では。

海の中は全然違うんだ　天水

「潜《もぐ》るの？」

　中野さんに訊いたら、うん、ってニッコリ笑って頷いた。

「潜るんだ」

「どれぐらい？」

「息が続く限り。でも、無理しなくていい。潜って、ぐるぐる回って浮上して、また潜る。その繰り返し。ま、やってみ」

「うん」

　隣でお父さんも風花ちゃんも頷いていた。だから、みんなでせーので潜った。海の中はうるさいと思う。ボコボコ音がするし、わんわんなんかが鳴ってるような気がする。ゴーグルしてるから、潜って泳ぐ風花ちゃんやお父さんにピースしたりして、苦しくなったら立ち上がって、息をして。

中野さんが、言った。

「どうだ？　向こうの深い方を見たか？」

「見たよ」

「どう思った？」

訊かれたから、ちょっと考えたけど。

「別になにも。あっちに行けるかなって考えたぐらい」

そう言ったら、お父さんはなんか中野さんと一緒に頷いていた。

「風花ちゃんは？　もっと泳げるようになったら、深い方に行けそう？」

うん、って風花ちゃんは頷いた。

「行けると思う」

「そうか。じゃあ明日は浮輪や、ボードに乗ってもう少し深い方へ一緒に行って、少しだけ泳いでみよう。今日はここまで」

午後からは天気が崩れて雨が降って海が荒れそうだから、入らない方がいいよって中野さんに言われたので、お昼ご飯を食べた後は宿題をやることにした。まだ自由研究やってないし。風花ちゃんも絵を描いてなかったし。

　お昼ご飯は、余り物ランチってお父さんが言った。冷蔵庫に余っているものを全部使って、食べちゃう。その代わり晩ご飯は、車で近くのレストランまで行ってハンバーグ。美味しいところがあるんだって。

　レタスとキャベツをサラダにした。キャベツの千切りを風花ちゃんと一緒に切った。すっごい太いけど。ニンジンやじゃがいももあったから、ソーセージとベーコンも一緒にしてグラタンを作るってお父さんが言って、先にニンジンとじゃがいもを茹《ゆ》でたり、牛乳ももう危ないので、それでホワイトソースを作ったり。

　すっげえ料理が上手くなったと思う。だって、もう朝ご飯なら作れる。目玉焼きもできるしベーコンも焼けるし。

「ねぇ」

　お昼ご飯を食べながら、お父さんに訊いてみた。

「何だ」

「なんで潜るところから始めるんだろうね？」

中野さんはなんにも言わなかった。サーフィンを始めるなら、まずは潜ってみろって。海の中へ。

お父さんは、うん、って頷いた。

「お父さんもサーフィンのことはまったくわからないからな。想像でしかないけど、サーフィンは海の中へ落ちるのが基本なんだと思うぞ」

「海の中へ落ちる？」

風花ちゃんが言った。

「そう。ボードに乗って波に乗る。それがサーフィンだ。でも、失敗したらボードから海の中へ落ちて行く。つまり、海へ放り出されて波に揉まれることがあたりまえにならないと、上手くなれないんじゃないかな」

そうか。

「おぼれないようにってことか」

「それももちろんある。泳ぎが上手くないとサーフィンはできないだろう。ウェットスーツを着ていれば多少は浮力がついて浮かび上がれるけど、あれだ」

お父さんは持っていたスプーンであっちの方を指差した。

「洗濯機だ」

「洗濯機？」

「聞いた話だけどな。大きな波でボードから落ちて波に揉まれるとき、まるで洗濯機の中にいるような気持ちになるんだそうだ。それぐらいぐわんぐわんと思いっきり身体が回転するらしいぞ」

「スゴイね！」

風花ちゃんが眼を丸くしておどろいた。

「だから、そういうことに慣れないとサーフィンが楽しめない」

お父さんはそう言って、グラタンを食べてからまた言った。

「あれだな。スポーツは何でも同じだな」

「なにが同じなの？」

「そのスポーツで感じる痛みや苦しみを知らないと、上手になれないんだな。剣道だったら、思いっきり面を叩かれてその凄さを理解して初めて面を思いっきり打てる」

そうだった。お父さんは昔剣道をやっていたんだった。

「野球だと、打ったボールが身体に当たる痛みを覚えないと守備は上手にならないいんだ」

「そうなんだ」

「たぶん、そういうもんだ。柔道だって最初にやるのは受け身の練習だ。畳にぶつかってその痛さを知らないと駄目なんだ」

「海の中を知らないと駄目ってことか」

僕が言ったら、お父さんがそうそう、って言った。

「それと、海の深さを知らないとな」

「海の深さ」

「そうだ。正直言ってお父さんは海が怖い」

「なんで」

「深いからな。浅いところで泳いでいる分には怖くないけど、深いところまで行くとどこまでも底がわからない。そういうのは、お父さんはちょっと駄目みたいだ」

「じゃあサーフィンできないじゃん」

お父さんは困ったみたいな顔をした。

「できないかもしれないけど、海で遊ぶのは愉《たの》しいからな。頑張ってみるよ」

学校　風花

「あとごにちかん？」

ベッドに寝転んでいた天水が言った。

「いつかかん、って言うの」

「五日間」

天水はバカじゃないとは思うけど、まだ日にちの数え方の言い方がおかしい。さんにちかん、とか、よんにちかん、ってたまに言う。

「なにが五日間？」

「ここにいるの」

「あぁ」

夏休みが終わる前に、帰る。あんまりギリギリだったらなんか忙しいから、学校が始まる一週間前には帰ろうって決めていたんだ。

「五日間じゃないね。あと四泊したら、帰る」

「よんはく？」

「一日泊まることを一泊って言うの。ちゃんと覚えなさい」

「ウッス。四泊ね。四回寝るんだね」

「そう」

楽しい。

友達と遊べないのはどうかなーって思ってたけど、すっごく楽しい。友達と会えなくても、ここで知り合った大人の人たちがみんないい人ばかりで優しくしてくれて、そして今までやったことなかったことばかりできるから。

「もうこのままこっちに住みたい？」

天水に訊いたら、うーん、って言った。

「それは、どうかな」

「どうかな、ってなに」

「そうなったらそうするけど、別に向こうでいいし」

「そうするって？」

「お母さんが、天水はお父さんと住んだ方がいいって言って、お父さんも来いって言うんだったら来てもいい」

そうか。そんな感じなのか。

「私と一緒に住めなくても？　私がお母さんのところで、天水がお父さんのところってなってもいいの？」

また、うーん、って言った。

「いいって言ったら風花ちゃん怒る」

「怒らないよそんなの」

「そうなったら、そうするよ。でもそうならなくてもいいんだよ」

天水が起き上がって、私を見た。

「だって、別れて暮らすったって、こうやっていつでも会えるんだからさ。それでいいんじゃない？　楽しいんだし」

「そう？」

「だって、一緒に暮らしたって、朝学校に行って帰ってくるまで会わないんだし、帰ってきたってご飯食べるのだけ一緒であとはバラバラだし。こうやってここで会ったらずっと一緒だし、変わんないよ」

そうか。そういう考え方もあるか。

「でも帰るよ」

天水が言った。

「お母さん、寂しいと思うから。僕たちがいないと」

「そうだね」

お父さんは？　って訊いた。

「お父さんは私たちいなくても寂しくないのかな」

「それは、男が決めたんだから」

天水が言った。

「男が決めた？」

「離れて暮らすってお父さんが決めたんだから、それでいいんだよ。寂しくたってガマンするんだよ」

そうか、男だからガマンするのか。

なんだかちょっとおかしくて、笑いそうになったけどガマンした。天水だって、いろいろ考えてるんだ。

暮らしって、前に進むこと

恵里佳

あぁ、久しぶりって、思った。

家に帰ってきて、玄関の鍵を開けて、一人で誰も居ない部屋に向かって「ただいまー」と小さい声で言って。荷物を置いて、ふぅ、って息を吐《は》いて、まだ外は明るいので閉めておいたカーテンを開けて、夕暮れの光が部屋の中に差し込んできて。

誰も居ない部屋に帰ってくる、感覚。

もちろん、風花と天水が一緒に暮らしている気配は部屋のあちこちに漂ってはいるんだけど、それでも部屋を空けてどこかに泊まってきて、戻ってきた感覚。

やっぱり自分の家はいいいな、って一人で思う気持ち。

結婚して子供ができて、すっかり忘れてしまっていたものを思い出す。風花と天水があの人の家に行ってしばらく経《た》つから、それから一人でいたんだけど。どこかに泊まってきて戻ってきて一人というのは、本当に久しぶり。

「そうなのかな」

一人で呟いてみる。

博明さんは、こういうものをもう一度手に入れるために一人になったのかな。そうしなければならないと思ってしまったんだろうな。

だって、この気持ちは、楽しい。

寂しいけど、楽しい。

何をしても、一人。それは寂しさと引き換えの自由。そういうものがないと、あの人は小説を書けなかったんだろうな。

「うん」

荷物を、片づけよう。

部屋着に着替えて洗濯物をボストンバッグから出して、洗濯機に放り込んで、スイッチを入れる。化粧品を出して、洗面道具を片づけて。

顔を洗ってお化粧を落としてさっぱりして化粧水をつけて。その間に買い物に行かなきゃって思って、冷蔵庫を開けてないものを確認して。

（牛乳と、パンと卵）

近所の商店街で間に合うものばかり。今日の晩ご飯は、って考える。そうだ、冷凍してあったカレーはそろそろ片づけないと。今晩食べて、明日の夜もそうすれば片づくかな。サラダと、カツを揚げて変化を付ければ二日続けたって平気。

この気持ちにもきっと慣れちゃう。慣れちゃうどころか、忘れちゃう。もう少ししたら天水も風花も帰ってくるから、そうしたらまた日常の中に埋《うも》れちゃう。遊びに行ったことで、離れて暮らしていることのいろんなもやもやもきっとあの子たちの中から消える。私の中からも。ひょっとしたら、おじいちゃんやおばあちゃんと会うような、同じ感覚であの子たちはお父さんとの月日を過ごしていく。

それが、平和になっていく。

もしも、この先に何か細波《さざなみ》が立つとしたら、平穏《へいおん》な日々に何かが生まれるとしたら、それは私に、博明さん以外に一緒に暮らしたいと思う人が現れたとき。あるいは、博明さんに恋人ができたとき。もしくは、博明さんが何か大きなことを成し遂げたとき。

いつまでも、別れた夫婦《ふうふ》という気持ちでいることは、天水と風花のためにもよくないし、何よりも自分自身にもよくない。

別れた夫婦という事実は変わらないけれど、少なくとも前に進むために博明さんはその道を選んだ。私だって、仕事に復帰した。それは、前に進むためだ。天水と風花の手を取って、こうやって何があっても人生は続いていくんだよ、と、教えるためだ。

「買い物に行かなきゃ」

商店街には、いつも部屋着のままで行ってる。ちょっとだけ隠すために軽い上着を羽織って。財布だけ持って。

いつもの、でも、少しだけ前に進んだ暮らし。それを続ける意志を、しっかりと意識しなきゃならないって思う。だって、博明さんだけ前に進んでいるのは、ちょっと悔《くや》しいし羨《うらや》ましいから。

私だって。

子供たちの王国　博明

毎日のご飯を、つまり自分一人じゃない状態で全員のご飯を考えて作るというのは、理解はしていたけれども実際にやってみると本当に大変だ。

主婦は職業、ということがよくわかる。

世の中の、専業主婦の皆さんは働いている。家事をきちんとこなしていくのには、つまり上手くやっていくためには才能も必要だし技能も必要だし、努力も必要だ。つまり、会社で働くのと何ら変わりはない。

たった二週間、それなのにメニューはネタ切れになりそうで、こういうときに便利なのがネットだと思って、調べながら三人で食べられそうなものを決める。

やたらと美味しそうなものはあるけれど、天水の好みを取り入れると結局オムライスになった。それだけじゃあ野菜が足りないだろうと思い、コンソメにとにかくある野菜を全部入れて煮込んだスープも作る。

「自由研究」

オムライスを食べながら風花が言う。

「うん？」

「自由研究、お父さんとお母さんにしようかな」

「何？」

何気なくとんでもなく恐ろしいことを言わなかったかお前。

「お父さんお母さんをどうするんだ。何を研究するんだ」

「お仕事」

「お仕事？」

うん、と、頷きながら風花がスプーンをくるりと回す。

「大人の仕事って、お金を稼ぐことでしょう？」

「まぁ、そうだな」

確かにそうだ。

「お金を稼いで、私たちみたいな自分の子供たちを育てるのも仕事」

「うーん」

それは、仕事と言っていいのか。

「仕事かなぁ、広い意味ではそうだろうけど、少し違うと思うんだが」

「でも、大人のやるべきことだよね？」

「確かにそうだが。いや、いったい何を研究しようと言うんだ？」

「だから、お父さんの仕事とお母さんの仕事。お父さんが一人になって、お母さんも一人になって、二人とも仕事が変わったから」

「変わったな」

「生きる、ってことだよ」

いきなり天水が言う。今度は何だ。生きる、って何だお前たち。

「お父さんもお母さんも、生き方が変わったんでしょ？　それは仕事が変わったからで、だから生き方と仕事の研究を風花ちゃんはするんじゃないの？」

天水に、風花がうんうん頷いた。

「いいこと言うねー。そういうこと」

「そういうことって」

それは、大学の哲学科か、もしくは経済学科か何かのゼミで研究するべきようなことじゃないのか。

「ええ？　じゃあ、具体的には何をどうやって研究して、その、書くんだ？」

「まずは、一日のスケジュール。お父さんとお母さんの両方の」

「お父さんのスケジュールなんてバラバラだぞ」

「大体だよ。お母さんもわかるし。あとは私たちのスケジュール。それを照らし合わせると、大人と子供のスケジュールの違いがわかって、大人になってお金を稼ぐってことは、今の自分のどういう時間を使うかがわかる」

言ってることは間違っていないと思うが。

「それは、ちょっと考えたらわかることじゃないのか。子供が勉強している時間に、大人は働いているんだ」

「でもお父さんは、普通の人が休んでいるときに原稿を書いているでしょ」

あぁ、そういうことか。

「それは、合っているけど。でも風花、たとえばタクシー運転手さんだって、夜働いているぞ」

「そうか」

　そうだとも。

「コンビニだって深夜の時間のバイトもある。大人皆が、子供が学校で勉強しているときに働いているわけじゃない」

「そうだね」

　納得したか。

「だから、あれじゃないか？　世の中にはどんな職業があって、その職業の人はどんな時間に働いているかとか、そういうのを調べれば立派な自由研究になるんじゃないのか？　別にお父さんお母さん二人の研究にしなくても」

　うーん、って唸ってから風花が頷いた。

「それで、いいかな？　どうやって調べればいいかな」

「お父さんの部屋に職業図鑑みたいな本があるから、ご飯食べてから探そう」

「わかった」

　良かった。

　離婚したお父さんとお母さんの研究なんて、何を思いつくもんだかわからんな。いや、まさか離婚したとかは書かないだろうが、二人のスケジュールなんか見せたら丸わかりだ。まぁもう学校にもクラスの皆にも知られていることだが、廊下にでも張り出された日には全校生徒に知られちゃうじゃないか。

「僕はさ」

天水が言う。

「名前の研究をしようと思うんだけど」

今度は何だ。

「名前って、確か自由研究は浜辺の生き物を探すとか言ってなかったか」

「や、それもいいんだけどさ。こっちで会った人、みんなに言われたんだよね」

「何をだ」

「天水、ってすっごく良い名前だって」

「ほう」

それはまぁ、嬉しい。

「風花ちゃんと姉弟、風花と天水って並ぶというのがまた良いって。さすが小説家のお父さんが考えただけあるなって。でも違うよね？　お父さんじゃなくてお母さんが考えたんだよね？」

「そうだな。まぁ二人で考えたんだぞ」

ロマンチックな名前だと思う。風花は、お腹にいるときから女の子だってわかっていて、それなら風花にしたいと彼女が言ったんだ。異存《いぞん》はなかった。可愛らしいし、風と花なんて、女の子らしくていいと。

二人目ができたときには、じゃあ風花と呼応《こおう》するような名前にしようと提案すると、彼女が空と水、と言った。そらみ、ではちょっと名前にしては何だし、天と水であまみならば、男でも女でも通用する。

そうやって、決めた。

「風と花と空と水、なんだよね。地球にも、人にも、なくてはならないものばかりだって」

「そういうことだ」

「でも、空水だったらちょっと語呂《ごろ》が悪いからって、天水にしたんでしょ？」

「そういうことだ」

「でも、キラキラネームだって言われることもあるんだよ」

天水が言うと、風花が、あー、と頷いた。

「天水はちょっと雰囲気あるよね。私は言われたことないけど」

「そうなのか？　そんなことはないぞ。古くからある言葉だ」

「別に気にしてないけどさ。そういえば名前って不思議だなって思って、名字と名前ってどうして分かれているのかとか、そういうこと調べてみようかなって」

子供の興味は大切にしなければいけない。それは、もちろんだ。しかしまた大人でもまとめるのに手こずるようなことをなぜ言い出すのか。

「それは、けっこう難しいぞ？」

「でも、お父さんのところにはそういう本はないの？　作家なんだもん」

「ないことは、ないが」

「じゃあ、いいじゃん」

まぁ、いいか。

あと何日か、三人で本をテーブルに積み重ねながら、うんうん唸って書き物をするのも。

子供は、本当にわからない。

昨日まで興味を持っていたことを、何事もなかったかのように忘れる。そうかと思えば、突然まったくとんでもないことに興味を持つ。大人は、そういう自分も子供だったことをいつの間にか忘れてしまう。

忘れて、大人のふりをして毎日を過ごす。

あたりまえだ。子供の自分をずっと覚えていたら恥ずかしくてしょうがない。恥ずかしいことを忘れて恥ずかしくないように生きることを覚える。それが成長するってことだ。

でも、恥ずかしいなんてことをまったく思わない子供を見ていると、それがとてつもなく羨ましくなる。

ひょっとしたら、そういうことをもう一度感じたいから、大人は子供を作るのかもしれない。自分の分身のような、我が子を愛おしみながら育てるのかもしれない。

職業　風花

「消防士ってね」

「うん」

「誰でもなれるんだって」

そうだな、ってお父さんが頷いた。

「もうお父さんは無理だけどな」

「なれないの？」

「誰でもなれるけれど、年齢制限みたいなものはあるはずだな。ほら、職業っていうのは、大人になる前に決めるもんだろう」

そうか。

「大人になってからだと、なれないものがあるんだ」

「そういうことだ。なるべくそういうものはない方がいいんだけど、どうしても特殊なものはな、出てくる」

「え、じゃあお巡《まわ》りさんにもなれない？」

天水が急に顔を上げて言った。

「お父さんはな、もう無理だ。いやちょっと待てよ」

お父さんがパソコンでなんか調べ始めた。

「うん、そうだな。やっぱり警察官になる試験には年齢制限がある。だから、お父さんはもう無理だ。お巡りさんになりたいって思っても無理だ」

「そっかー」

「婦人警官もいるよね」

「いるな。でも今は正式には女性警察官、って言うらしいぞ」

「名前が変わったの？」

いや、そうじゃない、ってお父さんが言って、なんかしかめっ面をした。

「説明するのが難しいな。男女平等っていうのは風花はわかるか」

「なんとなく」

男も女も、同じ権利を持ってるってやつだと思うけど、そう言ったらお父さんは頷いた。

「その通りだ。だから、警察官と婦人警官という呼び方ではなく、男性警察官と女性警察官がいる、っていう考え方かな？　わかるか？」

「えーと」

まぁ、なんとなくわかるような気がする。

「女性警察官も、婦人警官も、同じじゃないの？」

天水が首を捻りながら言った。

「同じだけど、きっと違うんだよ。大人の世界では」

「めんどくさいんだね」

お父さんが笑った。

「そうだ、大人の世界はめんどくさいんだ。子供は少しずつそのめんどくさいのを覚えていって、大人になるんだ」

「じゃあさ、お父さん」

「何だ」

「職業を決めるって、そのめんどくさいことの中で、自分のできそうなものを見つけること？」

そう思ったから訊いたら、お父さんは、うーん、って唸ってしまった。

「なかなか含蓄《がんちく》のあることを言うね、風花は」

「がんちくって？」

「深い意味ってことだ。確かに、職業を決めるってことは、自分が将来なりたいものを決めるってことだよな」

「そうだね」

「言い方を変えれば、なりたいものじゃなくて、なれそうなものに決めるってことにもなる。それが今風花が言ったようなことだな」

そういうことになるのか。自分で言ったけどよくわからない。

「なりたいものと、なれそうなもの？」

天水が首を捻って言ったら、お父さんが待て待て、って言った。

「そこは、お前たちはまだ考えなくていいんだ。なりたいものだけを考えていればいい。どうしてかって言うと、お前たちはまだ何にでもなれるからだ」

「なんでも」

「そうだ」

お父さんは大きく頷いた。

「お前たちは、今の段階でなれない職業なんかない。この世にある職業をどれでも選べる」

「アイドルでも?」

「もちろんだ」

「総理大臣でも?」

「もちろん」

なんにだってなれる可能性はあるんだってお父さんは言った。なんにでもなれる可能性はあるんだろうけど、アイドルにはなれないのは、私はわかる。私にはムリだ。そんなにカワイクないから、なれない。でも、女優ならそんなにカワイクなくてもなれるかも。別に女優になろうなんて考えたこともないけど。

「職業を選ぶってさ、ゼッタイにしなきゃいけないことなんだよね」

そう言ったら、お父さんが頷いた。

「そうだな。学校へ行くのが終わったら、今度は職業を選ばなきゃならない、働かなきゃならない。どうしてかっていうと、人間は何かを生み出さなきゃ、生きていけない動物だからだ」

え？　って天水が言った。

「どういうこと？」

「人間には手があって五本の指があって、その手でいろんなことができる知恵がついている。同じ動物の中で、人間だけがそういうふうに進化したんだ。つまり、何かをその手で生み出すために進化したんだ。お父さんはそう解釈している。だから、仕事をしなきゃならない動物なんだよ。何をするかは、自由だ」

お父さんみたいに物語を書いたり、お母さんみたいに設計したり、漁師さんみたいに魚を捕《と》ったり、消防士さんみたいに火を消したり。その手でなにかをすれば、それは自分でなにかを生み出したことになるんだ。

お父さんは、そう言った。

もう戻れない、日々へ　博明

自分が子供の頃の、風花や天水ぐらいの年齢だった頃の夏休みに何をやって過ごしていたかなんて、実はあまり覚えていない。

中学校なら、部活があったからわりと鮮明に覚えているが、小学生の頃は微妙だ。イメージとしてしか残っていない。

かき氷を自分で作ったり、ばあちゃんの家へ行って海水浴をしたり、家の前で近所の子供たちと花火をしたり、六年生のときに同じクラスの友達だけで動物園にも行ったか。

何を考えて過ごしていたかなんて、思い出せない。平和な子供時代だったので、何も考えずにただ遊んでいただけなのか。

だとしたら、風花や天水は、ある意味では特別になったはずのこの夏休みをどうやって思い出すだろう、と考える。

離婚して初めての夏休みだ。

離婚する前には皆で海水浴に行った。ディズニーランドにも行った。キャンプにも行った。山にも登った。恵里佳と二人で、風花と天水のために楽しい夏休みの思い出を残してあげようといろいろ考えて計画した。自分たちもそれなりに楽しんだのはもちろんだが、風花と天水が喜んでくれたのが何よりも嬉しかった。家に帰ってきたときの疲労感が心地良かった。来年も行こうね！　と言った風花や天水の笑顔は、きっと一生忘れられない。

二人は、どんなふうに思い出すだろう。

もっと大きくなったときに、中学生や高校生になったときに、離婚したことを怒るだろうか。ちゃんとした家族のままでいてあげられなかったことを、父親のせいだと罵《ののし》るだろうか。そしてこの離婚して初めての夏休みが、苦い記憶として残ってしまうだろうか。今はそれなりに楽しく過ごしていたとしても。

そうならないように努力はしたつもりだが。

どうだっただろうか。

そんなことを考えるぐらいなら離婚なんか考えるな、とは、確かにそうだ。

だから、きっと心の底からそんなふうには思ってはいないのかもしれない。ろくでなしの父親なのかもしれない。

二人が恵里佳の元に帰ってしまうと、きっと寂しく感じると予想していた。

夏休みはもうすぐ終わる。

二人を駅まで送っていって、改札口で手を振った。ひょっとしたらどっちかは不機嫌になるかと心配したけど、そんなことはなかった。

二人とも、学校にでも行くみたいな様子で準備をして、車に乗り込んで、さっさと降りて、じゃあねー、またねー、と手を振った。

お父さんちゃんとご飯を食べてね、と、風花は言った。

お父さんサーフィン練習してよ、と、天水は言った。

いつでも来いよ、と、言った。

待ってるからな、とはあえて言わなかった。待ってるぐらいなら離婚なんかするな、と自分で思ったからだ。

お前たちのことを愛している、などと台詞《せりふ》のような言葉は言えない。

きっと〈愛している〉という思いは言葉では届かない。溢《あふ》れ出す思いを言葉になんかできないから、どうしようもないから、〈愛している〉と言い、その言葉と一緒に誰かを抱きしめる。

抱きしめることができなくなった人間は、きっと小説を書く。

それも頭の中でこねくり回した結論かもしれないけれど。

それでも愛していることを信じてもらうために、書かなきゃならないのは小説だった。

いつか、そんな話ができるだろうか。

大きくなった風花と天水と。

そんな日が訪れるように、来るように、努力をするんだ。これからずっと一人で。

たぶん、いつまでも一人で。

本当にぜんぜん寂しくない　天水

寂しくない？　って電車に乗って座席に座ってしばらくしたら、風花ちゃんが訊いた。なんか、ビミョーな顔をして僕を見て。

「なにが？」

「家に帰るの」

「家に帰るんだから、いいじゃん」

家に帰るの寂しかったら毎日大変じゃん。

「お父さんとまたしばらく会えないよ」

風花ちゃんはまた言った。

そんなのわかってるし、会えないってわけじゃない。

もうここに来る方法はわかった。

どれだけお金がかかるかもわかったし、お小遣《こづか》いでも簡単に来られる。だから、しばらく会えないんじゃなくて、会わないだけ。

お父さんは小説を書かなきゃならないし、僕は学校に行かなきゃならないし。

「平気だよ。いつでも会えるんじゃん」

「いつでもか」

「いつでもだよ。誰もダメって言わないじゃん」

「まぁそうだね」

笑ってるけど、わかったよ。寂しいのは風花ちゃんだって。

なんとなくだけど、わかった。風花ちゃんって、お母さんよりお父さんの方がいいんだ。や、お母さんもいいんだけど、好きなんだけど、きっとお父さんがいた方がいいんだ、風花ちゃんは。

お父さんはそれをわかってるかな。お母さんもわかってるかな。僕がわかるぐらいだから、きっと二人ともわかってるな。

僕は、本当にぜんぜん寂しくない。

お父さんの作るご飯よりお母さんの作るご飯の方が美味しいから、毎日はお母さんと一緒《いっしょ》にいた方がいい。

そんなふうに言ったら、お父さんもお母さんもちょっと困るかもしれないから、はっきりとは言わないようにしようと思うけど。

二人がものすごいケンカをして、二度と会わないとか言って離婚したんだったらちょっと寂しくなったかもしれないけど。

わかんないけど、寂しくならないのは、きっとお父さんの書いた小説を読めるからだ。ちゃんと書いたものは、雑誌に載ったものも、本になったものも、僕宛《あて》に送るって約束してくれたから。

お父さんが一人になって、書きたいものを書いて、それを読ませてくれるんだから、いいんだ。家にいないだけで、お父さんはそこにいるんだから。いつでも会えるんだから、平気だと思う。

ぜんぜん寂しくなんかない。

きっと幸せなんだと思う

恵里佳

風花と天水が帰ってくる。

でも、帰ってくるって言い方もどうかなって、思ってしまった。あの子たちにしてみると、ちょっとお父さんの家へ遊びに行っていただけって感覚かもしれない。戻ってくる？　それも違うか。学校へ行ったって家へは〈帰ってくる〉んだから、やっぱり帰ってくるって感覚でいいんだろうか。

離婚した父親の家へ行く、というのを、私が気にし過ぎなのかもしれない。私の感情じゃなくて、その行動があの子たちに何か悲しさや苦しさを募《つの》らせることにならなきゃいいって、ネガティブな方向ばかり考えたからかもしれない。

きっと大丈夫だって思う。

あの家で、風花も天水も楽しそうにしていた。普段よりテンションも上がっていた。

旅行気分もあっただろうし、海辺の家の生活なんて初めてのことばかりだっただろうし。

楽しんで過ごしてたと思う。その反動が、家に帰ってきて出なければいいと思うけど。そして、向こうで暮らしたいって言い出したら何て言って説得しようか、なんて。

そういうことを、素直に訊いてみることに決めた。

自分の中であれこれ考え過ぎない。

でもそれは、何もかもあけすけに子供に話すのとも違うと思っている。親は、大人。子供じゃない。子供に知らせなくていいことと、知っていてもいいことの区別はつけなきゃならない。そうは、思う。

でも、感情の共有はしようと決めた。

お母さんは、寂しいの。

お母さんは、辛いの。

お母さんは、疲れているの。

だから、ちょっとだけでいいから優しくしてくれる？　甘えていい？　サボっちゃっていい？　そうやって、風花や天水に素直に言うことにした。

本当ならそれは夫であった博明さんに言うべきことなんだろうけど、そして博明さんはそれを受け入れてくれるとてもいい夫だったんだけど、それはもうできない。できないことを、自分一人の中で消化しようと思うと、どこかで無理が生じるんだ。

風花も天水も、良い子。優しい子。

そんなふうにここまで大きくなってくれたことに感謝してる。どうかこのままひねくれないで育つように、あの子たちの人生に大きな嵐など吹き荒れないようにって願っている。

でも、どうなんだろう。

親の離婚は、嵐なんじゃないだろうか。

少なくとも憎み合って、酷い喧嘩やＤＶみたいなものがあって別れたわけじゃない。何で？　っていうぐらいに穏やかに私たちは別れた。だから、表面的には何の嵐もなかったはずなんだけど、子供たちの胸の内はわからない。何かが吹き荒れたかもしれない。今も、帰りの電車に乗っているはずのあの子たちの胸の内には何かがあるのかもしれない。それも全部、引き受けなきゃいけない。

大丈夫。

私たちは不幸な家族なんかじゃない。

きっと、幸せなんだと思う。だって、お互いにお互いを思い合っているんだもの。

遠く離れていたって。

卒業　風花

前のお父さんと今のお父さん、って言うと誤解されそうだけど、どっちも同じお父さん。ただ、職業も環境も変わってしまったお父さん。

自分の意志で、フツーだったら変えられないようなものを変えてしまったお父さん。

楽しそうだった。

一緒に住んでいたときに、苦しそうだったり、辛そうだったりしたわけじゃないしそんなの思ったこともなかったけど、今は前よりずっと楽しそうだっていうのが、なんとなくわかった。

だから、とってもいいことなんだと思う。

前になんかのマンガで読んだ。

親にだって人生はあるって。

子供を産んだんだから、育てなきゃならない義務も責任もあるんだけど、それでも親にだって自分だけの人生という選択肢はあるんだって。

お父さんはその選択肢の中から選んで、そっちへ進もうって決めた。私たちを置いて全然違う方向へ進むんじゃなくて、私たちと一緒に歩いているんだけど違う道を歩いてる。ときどき、私と天水がそっちの道を歩いたりしても全然大丈夫。お父さんにおんぶしてもらっても大丈夫。

でも、お父さんが一人で歩いている時間をちゃんと考えてあげなきゃならない。それをお父さんが選んだんだから、そんちょーしてあげなきゃならない。

子供にだって、できることはあるんだ。

「天水」

「なに」

「小学校を卒業したらね、中学へ行くでしょ」

「あたりまえじゃん」

なに言ってんの？　って顔をして私を見た。

「中学を卒業したら、高校へ行くの」

「行くんじゃない？　そのあとは大学とか、専門学校とか、シューショクとかするんでしょ？」

そうだね。みんな、そういうふうにやってるね。

「私さ、高校生になるときに、こっちに来たいって言ったら、天水はどうする？」

「こっち？」

天水が窓の外を見た。

「お父さんの町ってこと？」

「そう」

お父さんの家に住んで、高校に通う。中学まではお母さんと過ごすけど、高校の三年間はお父さんと過ごす。

だって、高校は自由に選んでいいはずだから。選ばなきゃならないはずだから。その後は、まだどうするかなんてなんにも考えてないからわかんないけど。

「うん」

天水が、大きく首を縦に振って言った。

「いいんじゃないの？　別に」

「いいの？」

「いいよ？　だって高校なんてさ、寮《りょう》とかに入って家を出ちゃうことだってあるんでしょ？」

「あるね」

「だったら、それとおんなじじゃん。どこに住んだって」

「天水は？　お父さんの家から学校に通おうとか思わない？」

「ぜんっぜん思わない」

「そうなの？」

うん、って思いっきり頷いた。

「や、わかんないけど。そうなることがあるのかもしれないけど」

「今はそんなこと考えてない？」

「そう」

考えてないって頷いた。

「それに、風花ちゃんがお父さんの方に行ったら、僕がお母さんの方にいなきゃかわいそうじゃん、お母さん」

「そうだね」

お母さんを一人にするのは、かわいそうだ。

「でも、私が高校にこっちに来たとして、天水が残っても、天水はその後二年経ったら高校なんだから、それこそ寮のある学校に行くとかするかもよ」

そっか、って天水が言った。

「でもそれはしょうがないんじゃない？　だって大人になったら、みんなバラバラになるんでしょ？」

そうだね。

大人になったら、みんなバラバラになるもんなんだ。

だから、それまでは一緒にいるんだよね、きっと。いようと、努力するんだよね。

一緒にいるんだから、仲良く気持ち良く過ごそうとするんだよね。

「そういうもんだよ」

天水が言った。
そういうもんだね。
きっと。

解説

藤田香織（書評家）

子供の頃、「大人になったらわかる」と言われたことは、何度もあった。

何度もあったはずなのに、何がわからなかったのかは、残念ながらもう覚えていない。子供時代が遠い昔になってしまったからなのか、はたまた忘れてしまうほどとるに足らない物事だったのか。それさえよくわからないのだけれど、あの時感じた「誤魔化されてるな」という思いだけは、今も胸にある。

これは説明できないんだな。ほんとはわかってないんじゃない？　言いたくないことなのかな。あぁ面倒臭いんだろうな、と「わかってしまった」あの感じ。

内容は覚えていなくても、「ちゃんと相手にされなかった」寂しさは、どれだけ歳月が過ぎても覚えているのだ。

そんな大人は、きっと大勢いるのではないだろうか。

本書『風とにわか雨と花』に登場する風花《ふうか》と天水《あまみ》の姉弟は、それぞれが十二歳と九歳になった春、両親が離婚し、その理由を「今は説明してもわからないと思うので、言わない」とお母さんの恵里佳《えりか》から告げられる。ふたりの名字は岬《みさき》から津田《つだ》に変わって、勤めていた会社を辞《や》めたお父さんの博明は、別の場所へ引っ越していった。

理由は教えてもらえなかったけれど、九歳の天水は〈たぶん、お金か人間カンケイのモンダイが急にお父さんに起こって、それでお母さんはお父さんを嫌いになったから別れるんだろう〉と思っていた。十二歳の風花は、弟の天水に「嫌いになりたくないから、一緒に暮らさないってこともあるんだよ」と言って聞かせてはいたけれど、本当のところ、やはりよくわかってはいない。

そんな二人が、夏休みになり、海辺の町に移り住んだお父さんの家へ、様子を見に行く、という名目で泊まりに行く。電車とバスを乗り継いで三時間。新しくお父さんが住むことにした、海が目の前で縁側のある古い家。物語は、そこで過ごしたひと夏の間に、風花と天水が「わからない」とされていたことを、少しずつ知っていく姿を中心に描かれている。

風花は以前から、お父さんはカーディーラーの営業職という仕事ではなく、小さな書斎にこもって何かをしているときが「本当」なんだと感じていた。お父さんは家族のために、自分に嘘をつきながら会社に行ってお給料を貰ってくる。でも、それをついにやめた。嘘をつかなくてよくなったことは良かったという気持ちもあるし、ちょっと羨ましくもある。

けれど、その一方で不安にもなっていた。同じクラスのななこちゃんは、両親が離婚してから、暗くなってしまったのを目の当たりにしてきたからだ。お金がすべてじゃない、お金より大事なものがある。それは命だということは、風花も知っている。でも、その命だってお金がないと守れないってことも知っていた。〈ななこちゃんがどんどん元気がなくなって暗くなっているのは、お金がなくて生活が苦しいってことがよくわかっているからだ。そのまま、どんどんお金がなくなっていってご飯も食べられなくなったら、大切な命は消えてしまう〉。それはもう、他人事ではないのかもしれない。会社をやめて、離婚して、自分たちとは別に暮し始めたお父さんは、〈私たちの命をお金で守ることをほうきしたってことにならないんだろうか〉という誰にも訊けないいない疑問と不安。

物語の序盤は、そんな気持ちが彼女の言葉の端々に表れている。「この車、いくらだったの？」、（お風呂の工事代金）「高かったの？」、「でも、貧乏なんでしょ？」、「お金持ちなんだよね？　こんなプライベートビーチ持ってるなんて」。訊かずにはいられないのだ。わかる、わかるよー。お金の不安って落ち着かないんだよね、とちょっと胸が痛くなる。

そうした娘の気持ちの揺れに、父親の博明が気付いてきちんと向き合う〈理由〉のパートがいい。お父さんとお母さんが離婚したから「家は大変だ」と思っている風花に、「今からお前が家のお金の心配をする必要はない」と安心させて状況を説明する。その上で、離婚して母親の恵里佳が働きに出ているのは、お金のためだけじゃない、とも話す。それでも込み上げてくる思いが噴き出すように、なれるかどうかもわからない作家になる道をどうして選んだのか、嫌いになったわけでもないお母さんとどうして離婚したのか、全然わからないと言い募る娘に、博明が答えた「理由」＝「我儘《わがまま》だ」という言葉の重さに、あぁ、と瞬間、目を瞑ってしまった。

「そうだ。お父さんは、お父さんの我儘で作家になりたいから会社を辞めて、お母さんと離婚して、お前たちとも離れて暮らすことにした。全部、小説を書くにはそれしかないとお父さんが自分で勝手に決めてそうした我儘だ。小説を書くのに離婚する必要はないし、子供と別れなくたって書けるはずだ。でも、お父さんはそうしなきゃならないと思った。ただの、我儘なんだ」。さらに、我儘を貫き通すということは、その結果起こったすべてのことに自分で責任を取らなければいけないと続け、その「責任」は「お金だ」と言い切る。気持ちには責任は取れない。心には形がないから責任を取ることはできない。その代わりに「お金」と、我儘以外の心を全部、風花たちにあげることにしている、それは「真心」だ、とも言う。

作家になりたいから、妻と離婚し、家族と別れてひとりで暮らす、という選択は、風花のような子供ではなくても「わからない」と思う人は少なからずいるだろう。そうしなければ小説が書けない、という気持ちを、「わからない」人に説明するのは難しい。それは上手く説明などできない気持ちでもあるからだ。「責任」は「お金」だと言うのも、なかなか勇気がいる答えである。ともすれば様々な誤解を招きかねない。けれど博明は正直に、真摯に、言葉を重ねていく。それこそ「真心」をもって。

風花と天水がわからないことを知っていくきっかけとして、博明の「友達」や「知り合い」の存在もとても大きい。

サーフショップを経営する中野《なかの》さんは、天水にマッチで火を点《つ》ける方法を教えてくれ、自分も子供の頃に両親が離婚したという経験から「そういうことを気にしたってしょうがない」と話す。深刻に受け止めたところで、子供にはどうすることもできない。だから「天水くんは、ただ、お父さんとお母さんが離れて暮らしているだけで、ちょっと不便だけどしょうがないやって思っていればいいんだ」という見解は、なるほど確かに、と思わされるものがある。

海辺のＢＢＱで作家の蒲原喜子《かんばらよしこ》さんが、風花に「これからね、喜子さんはおばあちゃんくさいお話をします」と宣言してからのくだり。「心はね、楽しかったり嬉しかったりするときじゃなくて、寂しかったり辛《つら》かったりしたときに成長するのよ」。

「事実と真実、は同じようでいて違う場合がある」という話。

「友達」とは何なのか。「学校」は何のためにあるのか。ここでも大人たちは風花と天水に、きちんと向き合って話をする。わからなかったこと、知らなかったことを「そうなんだ」と教えられること以上に、そんなふうに自分と真剣に相対してくれる大人がいることが、風花と天水の心を強く、大きくしていくのだ。

と同時に、風花や天水と真剣に対峙することで、父の博明も、母の恵里佳も自分の気持ちを見つめ直し、整理し、覚悟を新たにする。子供たちだけでなく、すっかり大人になった両親の心も成長するのだ。

個人的には、離婚して建築設計の仕事を再開した恵里佳が、風花と天水のいない部屋で、〈子供がいなくても、自分一人だけでも毎日は過ごしていける。そういう思い〉が、ふとやって来ると自覚する場面が強く印象に残った。その一方で、子供たちのことを頭の中から追い出して仕事をしていて、自宅に帰ってきたときふとやってくる後ろめたさに、〈子供がいないと生きていけないと思ったあのときの自分を忘れるなんて母親失格じゃないかとまで思うこと〉もあるという現実。

恵里佳が思い出す〈二人で生きていくことと、一人で生きていくことと、愛することは別だ〉という博明の言葉も、唸《うな》るほど深い。〈感情〉とは、そんなふうに一言で表現できるような簡単なものではなく、寂しいと辛いは必ず一緒にやってくるわけではないし、寂しいけど楽しいってことも、楽しいけど悲しいってこともあるはずだという「気付き」にも、深く共感してしまう。「成長」が日ごと目に見える子供たちと違って、大人の「成長」はどうしてもわかり難い。周囲が実感し難いだけでなく、ともすれば自分でもなかなか気付けないことがある。本書は、恵里佳と博明の視点を通して、読者の視野も広げていくのだ。

作者である小路幸也さんといえば、東京の下町で古本屋を営む一家を軸にした「東京バンドワゴン」シリーズや、大学時代からの仲間や近隣の人々と問題の解決に奔走する『モーニング Mourning』から連なるダイ・シリーズ、個性的なのに普遍的でもある商店街の日常が描かれる「花咲小路」シリーズなど、長い歳月にわたる大家族や人と人との絡み合った関係性を描いた作品の印象が強くある読者も多いだろう。本書のように、両親と二人の子供だけの、わずか数日間の物語は珍しい。

でも、とても短い、ひと夏の物語だけれど、長い人生の話なのだ。すらすらと読めてしまうけれど、ずっと胸に残る話だ。実際には、嫌いになったわけではないのに別れる夫婦も、両親の離婚を風花や天水のように受け止められる子供も、そう多くはないだろう。退職金や遺産で十分《じゅうぶん》な養育費を渡せることも、長いブランクがあってもすぐに現役復帰できて「楽しい」と思える仕事に就くことも簡単ではないだろう。わかっている。そんなことは、わかっていて「小説家」である小路幸也さんは、本当のことを組み立てて、美しい嘘の話を作っているのだ。だからこそ、そこに「物語」である救いと強さがある。

にわか雨に降られたら、立ち止まって、周囲を見て、自分の足元を確かめてみる。大人になったらわかることは、ある。大人になってもわからないことも、ある。

それでも、どちらに進むか、何を選ぶか、迷って考えて、私たちはまた、自分の人生を歩き出す。そういうものなのだ、きっと。

二〇二二年七月

この作品は、キノブックスWEBマガジン「キノノキ」2015年11月～2017年2月に連載。2017年5月にキノブックスより単行本で刊行されたものに、加筆・修正をいたしました。なお、本作品はフィクションであり実在の個人・団体などとは一切関係がありません。

徳間文庫

風《かぜ》とにわか雨《あめ》と花《はな》

2022年8月15日 初刷

著者 小《しょう》路《じ》幸《ゆき》也《や》

発行者 小宮英行

発行所 株式会社徳間書店

東京都品川区上大崎三―一―一
目黒セントラルスクエア 〒141―8202

電話 編集〇三(五四〇三)四三四九
販売〇四九(二九三)五五二一

振替 〇〇一四〇―〇―四四三九二

印刷
製本 大日本印刷株式会社

ISBN978-4-19-894771-2 (乱丁、落丁本はお取りかえいたします)

徳間文庫の好評既刊

松宮 宏

さすらいのマイナンバー

書下し

　郵便局の正規職員だが、手取りは少なく、厳しい生活を送っている山岡《やまおか》タケシ。おまけに上司に誘われた店の支払いが高額！　そんなときにＩＴ起業家の兄から、小遣い稼ぎを持ちかけられて……。（「小さな郵便局員」）必ず本人に渡さなくてはいけないマイナンバーの書類をめぐる郵便配達員の試練と悲劇と美味しいもん!?　（「さすらうマイナンバー」）神戸を舞台に描かれる傑作Ｂ級グルメ小説。